《神话阳城》编委会

主　　编　刘爱萍

副　主　编　吉俊锋

执行主编　孔宏伟　　　王雪瑞　　　卫家庆

编　　委　卫军善　　　李　敏　　　陈雄军　　　原茂芳

　　　　　李锁江　　　马宇鹏　　　王红罗　　　王小圣

　　　　　靳丰兴　　　石永乐　　　赵锁应　　　赵为农

　　　　　张红胜　　　董显辉　　　张家庆

主　　笔　张红胜

摄　　影　元苗庆

统　　筹　李　敏

编　　校　吉利　　上官陆斌　　丁建平　　李　垚

序

　　神话是远古人类对自然现象和社会生活的原始幻想，反映出人们对美好生活的向往和对自然力量的敬畏。习近平总书记在十三届全国人大一次会议上提到的7个神话故事，有4个发源于阳城，阳城也素有"中国神话传说故事之乡"的美称。之前，我们对阳城神话传说缺少完整、系统的整理。庆幸在祖国75周年华诞到来之际，阳城县文旅局组织编纂的《神话阳城》出版了，本书系统整理关于阳城的24个神话故事，为我们进一步挖掘阳城神话的时代内涵与精神价值提供了依据，也必将赋予阳城文旅康养产业新的活力。

　　阳城历史悠久，早在旧石器时期，中华民族的祖先就在这里繁衍生息。原始初民时代有巢氏、燧人氏，氏族联盟时代有伏羲氏、女娲氏，王族分封时代有虞舜、夏禹、商汤、周穆王等，都在这片土地上留下了深深的印记。几千年的历史长河中，这里创造了盘古开天、女娲补天、伏羲画卦、愚公移山等众多神话故事，展现了先民不屈服于命运的积极生活态度和勇于征服自然的勇气信念，也在潜移默化中培育了濩泽儿女坚韧、刚毅、不屈不挠的精神。

近年来，县委、县政府高度重视特色神话文化的开发利用，加快推进析城山、九女仙湖等神话承载地景区建设，打造了上党梆子《析城山》等特色曲艺，建成博物馆、文化馆、图书馆等进行神话故事的宣传推广，推动神话与文旅康养深度融合，获得"国家全域旅游示范区""全国县域旅游发展潜力百佳县"等荣誉称号。古神话寻梦者的理想家园在一代又一代阳城儿女的不懈努力下变为现实。

神话之于阳城是一笔宝贵的精神财富。习近平总书记指出，"我们要善于把弘扬优秀传统文化和发展现实文化有机统一起来，紧密结合起来，在继承中发展，在发展中继承"。希望通过《神话阳城》一书，让更多人了解中华优秀传统文化，也希望35万阳城人民继续发扬不怕困难、不畏艰险的精神，坚持见新见绿，勇于求新求变，奋力书写加快推动阳城高质量发展的崭新篇章！

是为序。

2024 年季夏

目录
MULU

盘古开天

——盘古在析城山上留下的神话

远古时，天地还没有形成，混沌一片，既分不清上下左右，也辨不出东西南北，整个世界就像一个中间有核的浑圆体，犹如一颗囫囵蛋。人类的祖先盘古便在浑圆体的核心孕育而成。

盘古经过一万八千年的孕育才有了生命。当他有了知觉的那一刻，便迫不及待地睁开了眼睛。可是周围一片黑暗，他什么都看不见。急切间，他拔下自己的一颗牙齿，把它变成威力巨大的神斧，抡起来用力向周围劈砍。

囫囵蛋破裂了，一沉一浮分成两部分：一部分轻而清，一部分重而浊。轻而清者不断上升，变成了天；重而浊者不断下降，变成了地。盘古就这样头顶天，脚踏地，诞生于天地之间。

盘古在天地间不断长大。他的头在天，为神；他的脚在地，为圣。天每日升高一丈，地每日增厚一丈，

析城山顶

盘古每日生长两丈。如此一日九变，又经过了一万八千年，天变得极高，地变得极厚，盘古的身体也变得极长。盘古就这样与天地共存了一百八十万年。

盘古想用自己的身体创造出一个充满生机的世界，于是他微笑着倒了下去，把自己的身体奉献给大地。在他倒下去的刹那间，他的左眼飞上天空变成了太阳，给大地带来光明和希望；他的右眼飞上天空变成了月亮，两眼中的液体洒向天空，变成夜里的万点繁星。他的阳根化为伏羲，他的双乳化为女娲，他的汗珠变成了地面的湖泊，他的血液变成了奔腾的江河，他的毛发变成了草原和森林，他呼出的气体变成了清风和云雾，发出的声音变成了雷鸣。

盘古倒下时，他的头化作了东岳泰山（在山东），他的脚化作了西岳华山（在陕西），他的左臂化作了南岳衡山（在湖南），他的右臂化作了北岳恒山（在山西），他的腹部化作了中岳嵩山（在河南）。从此人世间有了阳光雨露，大地上有了江河湖海，万物滋生，人类开始繁衍。

传说，盘古砍开下沉的那半颗囫囵蛋，变成了一座形似半个囫囵蛋的通天高山，后人称囫囵山，也叫囫囵丘，就是今天的析城山。山上的五个小豁口，就是当年盘古斧砍的留痕。蛋中的汁液顺着豁口流溢出去变成了奔腾的江河、安静的湖泊，锯齿形的边缘就成了现在的十八罗汉山。半个蛋壳内剩余的汁液向他立足的低洼处汇集，形成一个天池，后来人们给它起了个好听的名字叫"瑶池"。盘古从池中拔出脚来，在池周围厚实的泥土上走来走去，留下的脚印就成了后来的一个个"独龙窝"。盘古觉得手中的板斧没什么用处了，索性扔向天空，变成了北斗七星，与巨龙形成的龙形山脉上下呼应，也就是后来人们说的"天龙""地龙"了。现在的银河峡谷里，有一块巨大的石头如鬼斧神工般劈为两半，一半躺在地上，一半屹立于河谷之中，据说这就是"盘古开天石"。

盘古开天石

析城山独龙窝

盘古峰

　　特别是山形突兀而起的囫囵山，山顶如盆，平坦开阔，山上绿草如茵，长满美丽的胭粉花、米粉花和龙须草，成为一个造型特异、花草繁茂的"空中花园"。周围峭崖如城墙，四个大豁口恰如城门，成为后来许多神仙的乐园……

女娲补天

——女娲娘娘在析城山炼石补天的神话

　　《淮南子·览冥训》载：往古之时，四极废，九州裂，天不兼复，地不周载。火爁焱而不灭，水浩洋而不息。猛兽食颛民，鸷鸟攫老弱。于是，女娲炼五色石以补苍天，断鳌足以立四极，杀黑龙以济冀州，积芦灰以止淫水。苍天补，四极正，淫水涸，冀州平，狡虫死，颛民生。

　　这就是古籍中有关"女娲补天"的记述，文中没有记述女娲在哪里"炼五色石以补苍天"，又是在哪里"断鳌足以立四极，杀黑龙以济冀州"。而更加有趣的是，在阳城县恰恰能找到与之印证的"五色石""断足鳌"和"黑龙洞"。

　　阳城大多的名山汇集在其西南部的横河古镇，其中有一座山横亘天际，苍翠挺拔，直插云端，而山顶平缓开阔，中间地带凸起，远远望去，如同一只巨鳌之背，这就是自古以来传说中的女娲"断鳌足以立四

女娲炼石处

极"，因失去四足而化成大山的鳌背山。

远古神话告诉我们，盘古开辟的天地是天圆地方，上面的天是由地上的四根柱子撑起来的，下面的地是被绳子吊起来的。天长日久，风吹雨淋，太阳暴晒，撑天之柱渐渐腐朽，上面的天缝日夜漏下雨水，崩下冰雹和陨石。地上也裂开了许多大缝，向上冒出烈火和臭水。

就在这个时候，远古的两个部落——"火神"祝融和"水神"共工正严阵以待，刀枪相向。一场恶战之后，共工战败，慌忙向天边逃去，祝融紧追不舍。被逼无奈而绝望的共工愤怒地一头撞向不周山。但他并不知道，这座高大不见顶的不周山，原来是撑天所用的四根天柱之一，经他这么狠狠一撞，顿时折断。于是，"天倾西北，地陷东南"。

横河民间传说，远古天塌之后，西北天空露出一个黑黑的大窟窿。地也被震裂了，出现了一道道深沟。山冈上燃烧着熊熊大火，盘踞在中原沼泽里的凶恶的黑龙也趁机出来作乱，天地间陷入无边的灾祸。许多人被大火围困在山顶，田野里到处是洪水，遭灾的百姓在水里呼救挣扎。女娲着急地去找雨神，求他下一场雨，把天火熄灭。又造了许多小船，去救挣扎在洪水中的人们。不久，天火熄灭了，洪水中的人们也被救上来了。

可是，天上的大窟窿还在往人间倾注天河之水，女娲决定冒着生命危险把天补上。于是，她四处寻找补天用的五彩石。她原以为这种石头很多，用不着费多大力气。可是，到山上一看，全是一些零零星星的小块。她只好四处寻找红、黄、蓝、白、青五种颜色的石头，运到析城山顶炼石补天。她在山顶的地上挖个圆坑，把五彩石放在里面，用神火进行冶炼。炉火通红，烤得她汗流浃背。整整炼了五天五夜，五彩石化成了很浓稠的液体。女娲把它装在一个大盆里，端到天边，对准那个大黑窟窿往上一泼，只见金光四射，大窟窿立刻被补好了。

五彩河

五彩石

　　谁知，刚把坍塌处补住，老天又开始倾斜，似乎整个天空就要马上塌下来，大地随即面临灭顶之灾。当时，析城山周围是一片汪洋大海，一只如山一样大的巨鳌从东海游来。女娲一看，有了主意。飞身拦住巨鳌说："上天将要倾覆，世界就要灭亡，我欲断其足做柱以顶天，救民于危难之中，你的功劳将与天地同在，日月相随，后世之人会铭记你的莫大之功，永远纪念你。"

　　巨鳌毫不犹豫地说："娘娘补天，救民于难，吾虽非人，也有责任。只要有用，尽情取去，无怨无悔。"女娲忍痛砍下它的四足，撑起了苍天。立时，风息雨停，太阳升空，世界又恢复成祥和之境。女娲不忍巨鳌沉尸于水，使用神力，退去大水，巨鳌的尸体在析城山前化作一座雄伟的大山，而刚才补天溅落下的五彩石液，落入析城山旁，化作一沟五彩石头，大大小小，奇形怪状，应有尽有。河水潺潺，从它们的身边流过，成为一道绝美的风景，这就是今日的银河峡。

　　再说那条兴风作浪、无恶不作的黑龙，看到女娲重新撑起了苍天，洪水下降，大山隆起，知道自己末日将至，急忙逃窜，企图躲过女娲的追赶，逃脱罪责。女娲哪里肯放，持刀紧追。黑龙见大势不好，使出神功魔力，时而遁入土中，时而腾空而起，时而钻出地面，时而潜入水中。看着无法摆脱女娲的追赶，就一下飞上了析城山。女娲飞身而至，眼看就要追上，黑龙情急之下钻入一个溶洞的水中，并使劲向下钻。女娲腾空一看，心中有数，只身来到析城山下西北方守候。果然，数日之后，黑龙从山脚崖壁钻出，女娲上前，不费吹灰之力将其擒拿，绑缚至析城山南门将其斩首。

至今，在析城山汤帝庙东南约1000米处，留下了一个黑龙洞。入洞二三百米，可闻水声轰鸣，水流湍急，深不可测，只见水面翻腾，不见水溢出洞。有人曾做过试验：将麦秸秆丢进黑龙洞水中，三天三夜之后，竟然从析城山西南部山脚下的水头村出水口流出。同时，在

鳌背山

析城山南天门东侧，有一数人才能合抱、足有数十米高的石柱，旁边还有一块如同戏台大小的石台，就是传说中的"捆龙柱"和"斩龙台"，也为女娲在此补天提供了实物印证。

鳌背山上曾有一块不知立于何时的古碑，上面镌刻的一首诗，记述着巨鳌的功劳：四足甘断柱天倾，谁记灵龟祭世功。常忆凌波兴海浪，风松时弄作涛声。

"天上银河星星稠，地上银河石头沟。"这是银河村一句古传的老话。

在析城山西南麓的银河两岸、银河村东西两侧，矗立着两座巍峨的高山，东边的山叫盘古山，西边的山叫女娲山，两山之间的峡谷里，有许多大大小小五彩斑斓的石头。"五彩石"就是神话传说中的石头。河谷长达3000多米，河床上布满了五色鹅卵石胶结而成的大砾石，如点点繁星分布石上，似有意镶嵌进去，更似熔炉锻造出来。当地口口相传，这里就是当年女娲炼石补天时，从天上溅落下来的五彩液体形成的石头和炼成后未用的石头，那漫山遍野、鲜艳亮丽的"红砂"，就是当

黑龙洞

女娲峰

娲皇庙

年遗留下来的炉渣。

　　人们为了纪念女娲，在西山上修建了"娲皇庙"。

　　中国民间文艺家认为，五彩石可能是女娲补天时所留，因此，确定银河村为"女娲补天"神话之乡。

伏羲画卦

——伏羲在析城山上观察天象画"八卦"留"六坔"

8000 年前，析城山名为"昆仑丘"，又名宛丘，山上茂密的原始森林早已消失殆尽，只剩下一望无际的绿色草甸和长达 9 个月花期的粉红花朵。生活在这里的华胥氏部落首领伏羲正面临一个巨大问题，日夜犯愁。

这个问题，就是吃的问题。

伏羲早期，人类正在由狩猎时代向畜牧时代转变，逐渐结束了居无定所的游猎生活，过上了穴居定居生活，并慢慢进入完全根据平时经验积累，受节令规律制约，真正靠天吃饭的自在农业时代。

此时的昆仑丘析城山一带，有成百上千个溶洞、岩龛和长达几十千米的悬崖，昆仑丘以南至黄河南北为连绵不绝的黄土台地，为搭建供人栖居的偏坡提供了方便。于是，周边部落的人大量向昆仑丘析城山一带迁居，人口不断增多，部落不断壮大。

与此同时，处在自在农业时代的人们，没有掌握时间、历法，不知何时播种、何时收获，一切全凭自然感觉，农业生产效率极低，常常因贻误农时而歉收，甚至绝收，食物急剧短缺，不时有人被饿死。食物成了最大而亟须解决的问题，明确播种、收获节令就成为原始人最为迫切的需求。

作为部落首领，伏羲更是忧心如焚。他在偌大的昆仑丘析城山上四处奔走，寻找解决食物问题的办法。但除了大山、洞窟、树木、荆棘、野草，始终没有发现一种可以用来食用的东西，一切都是徒劳。析城山上每天有人死去，每天都能听到呼天号地的哭声。

难道就这样眼睁睁地看着自己的子民渐渐死去，原先人口众多、声势浩大的部落慢慢消亡吗？伏羲内心焦灼不安，白天安抚子民，夜晚面对苍茫的夜空苦思冥想，一日日，一夜夜……

燧人氏在世时有一个不经意的发现，这就是他所在的昆仑丘析城山

析城山地龙

形似某种动物，也就是后人所称的"地龙"，而他所居的昆仑丘正上方的北斗星座亦形似这种动物，就是后来人们所称的"天龙"。终于，苦恼中几乎陷于绝望的伏羲看着每日按时升起的太阳，还有那遍布夜空的星星，他发现，北斗天龙绕北天极旋转，每天，甚至每年都在北天夜空"天道左旋，地道右行"。他的心里一动：这些星星有规律地运行，是不是上天有意给自己的启示？如果把这些规律出现的时间记录下来，再结合庄稼播种和收获的实践，是不是可以摸索出一种自然界的规律？或许可以解决困扰已久的问题……

有了这个想法，伏羲就立即行动起来。他晨起观察太阳，夜晚观察星星。也不知道经历了多么漫长的时间，他终于完整地记录下上天的神秘启示：取北斗天龙上、下、左、右、左上、左下、右上、右下八个时段的位相，将其用图形符号表示出来，就是后人所说的"八卦"，并且成功破译了它与农时的关系，后称"八卦授时"，又叫斗柄授时。

斗柄授时，让久居昆仑丘的华胥部落的人们成功地掌握了授时推历的科学技术。从此，人们知道了该何时播种、何时收割，农业生产出现

六壁之冬至壁

了前所未有的大发展，从原来的"自在农业"进化到"自为农业"，粮食问题得到解决，部落人得以生存、发展、壮大，并延续后世，生生不息。

今天的析城山上，伏羲六垄石堆遗址依然存在，也就是古人观察天象的六处石堆。这是我国有文字记载的远古观象授时台，也是世界上最早的天文观象台。

抟土造人

——伏羲、女娲兄妹成亲、造人的神话

阳城县西南的横河镇银河村北，紧靠的就是昆仑丘析城山。传说，远古时，山南的岩龛里穴居着一位伟大的母亲华胥氏，因她脚踩了雷神的巨型脚印而怀孕十二年后，诞下了圣人伏羲氏，后又生下了圣女女娲。华胥氏被尊称为"羲王母"，后人称"西王母"。

伏羲、女娲兄妹二人出世，正遇上一场特大洪水浩劫，将当时还生活在山沟低凹处的人们冲了个一干二净，除了他们兄妹，世界从此再无人影。如果人类还要继续繁衍下去，兄妹结合成婚成为唯一的选择。

怎么办？在这人类生死存亡的关头，兄妹二人陷入了巨大的矛盾之中。苦思冥想、一筹莫展之后，无奈的他们向盘古神求教。盘古神说，还是由上天来决定吧！我把磨盘从山顶推下，如果磨盘能在山脚合拢，就代表上天同意你们结合缔造人类；如若不能，天下

除你俩外，再无人类。说完便把磨盘从山巅推了下去。

神奇的是，两个磨盘滚落到山脚时，合二为一。于是，伏羲、女娲兄妹两人顺天意成婚。但是，单靠他二人的努力，是远远不能完成这一重大使命的。为了加快人类繁衍，聪明的女娲开始抟土，用黄泥造人，依然不很理想。后来，她从崖壁上拉下一条枯藤伸入泥潭，把蘸满黄泥浆的枯藤向地面挥洒，泥点落地，活人顿生。时间不长，大地上就布满了人类的踪迹。从此，人类得以繁衍，世界重新恢复了生机。

女娲抟土造人虽然是一个传说，但在银河这一带却能找到相关的证据来印证。传说，当年盘古神请示天意从山上推落的那两块合在一起的磨盘，就躺在这银河峡谷中，也不知道过了多少年、多少世。距银河村

羲王母洞

不远，位于半山腰上有一个其貌不扬的小山洞，就是传说中女娲抟土造人洞，洞虽不深，却很严整，仿佛女娲正在洞中专心致志地抟土捏人。

银河村东，就是高耸入云，传说中道教三十六重天最高的一层——大罗天的原型大罗岭。大罗岭上的这座山叫做"四空山"，为什么呢？因为这座山的四周都是悬崖峭壁，草木不生。特别是西南向的这一面，大约高100米，长400多米，上

抟土造人洞

娃娃崖

面布满了浅黄色的直条状细砂岩，好像是许多泥浆溅上去形成的，更像是一大群扑挤在崖壁上的光身娃娃，栩栩如生，惟妙惟肖。这个崖壁传说就是当年女娲用枯藤蘸泥造人遗留下来的，当地人都叫它"娃娃崖"。许多人都到这里来膜拜求子，据说十分灵验。

银河村南的鳌背山脚，有一座不大的"女娲庙"，它原来叫做"三母禅庙"，里面供奉着西王母、女娲和嫘祖娘娘三位圣母。"禅"，祭天地的意思。"三母禅"就是祭祀、纪念三位圣母的圣地。

传说，羲王母当年脚踩女娲和伏羲生育了四个孩子，其中一人名为少典，少典生育了两个儿子，分别是炎帝和黄帝。居住在析城山圣王坪南门外洞穴里的羲王母，经常来到山下的这个山清水秀的宝地，和女儿女娲娘娘、孙子黄帝的媳妇嫘祖娘娘相会。嫘祖娘娘把野蚕驯养成家蚕，掌握了一套养蚕技术，并教授于民，传于后世。于是，人们把三位人类最伟大的母亲相会的地方尊称为"三母禅"，直至20世纪70年代才更名为"银河村"。

三母禅村

女娲峰

　　如今，银河村南面的山巅前，还矗立着一尊女娲娘娘的化石像，身高两米有余，深情地遥望着北面的析城山南门那高大的羲王母化石像，仿佛在遥遥寄托无限思念之情。在距女娲像北侧不远的半山上，就有一座古老而年久失修已经成为废墟的"盘古庙"遗址。更为神奇的是，它们正对面的大罗岭上，有两尊高耸入云、形象特别的山峰，当地人分别称之为"女娲峰"和"盘古峰"。

嫘祖养蚕

在阳城县境西南距云蒙山不远著名的小尖山千佛寺里，建有一座蚕姑殿，所塑蚕姑坐像就是嫘祖娘娘，约两米高，神态端庄，面容慈祥，手里托着一条洁白的蚕儿，好像还在专心地给蚕农们讲授养蚕知识。

传说，嫘祖是中华民族的祖先——黄帝的妻子，是我国养蚕缫丝的创始人，被后世尊称为"蚕神""先蚕""西陵圣母"。在距阳城县城西南50余千米的云蒙山麓，有一个叫人参垴的山村，村前有一条漫长的深沟叫花石沟，沟里嵌着与人参垴等距的南北两个小村庄。北边的小村庄叫上花石沟，属阳城县。南边的小村庄叫下花石沟，属垣曲县。上下花石沟留下了嫘祖娘娘教民养蚕的历史遗迹，世代传颂着嫘祖娘娘云蒙山植桑养蚕的故事。

在阳城民间传说中，嫘祖娘娘是一个如同男子一般身高腿长、腰宽膀圆、手粗脚大、眉浓嘴阔的女丈夫，她勤劳善良，不惜血汗，跟随轩辕黄帝奔走于黄河流域，曾居住于阳城县境内的云蒙山间，黄帝起早贪黑地教民播谷种菜，耕土耘田，嫘祖娘娘忙忙碌碌于花石沟一带教民植桑养蚕，抽丝织帛。

古时的云蒙山草丰林茂，山上松柏参天，绿云盖顶，山腰乔木混生，遮天蔽日，山下芳草萋萋，青藤缠绕，其间掺杂着许多皮钱小叶山桑，负载着自生自长、自衍自亡的野虫蚕头。当地人不知桑树，不识野蚕，更不懂春蚕吐丝。嫘祖娘娘来到花石沟，教民识桑树，认野蚕，采桑椹，摘蚕茧；后教民积桑籽，植桑树，捉蚕蛾，坐蚕种；再教民煮蚕茧，抽生丝，捻细线，织粗帛。春天又教民室内孵蚕，采桑喂叶。并且一传十，十传百，几年工夫，就使云蒙山麓的老百姓家家学会了栽桑养蚕，人人学会了缫丝织帛，男人穿上了本色丝衫，女人穿上了着色丝裙。

夏日的一天，赤日炎炎，万里无云。在花石沟外，嫘祖娘娘正忙着

花石沟遗址

抽丝剥茧化石

结茧化石

向一大群男男女女示范如何着色染丝，怎样拉经扯纬的织布技巧，不料
天气骤变，一阵狂风呼啸而来，将各色丝线吹得天上地下，七零八落，
接着惊雷炸耳，倾盆大雨直泻，顷刻山洪暴发，水漫村庄。嫘祖娘娘心
疼百姓血汗，不顾风狂雨大，跑上跑下地往回收拾残丝剩线，累得气喘
吁吁，腿脚酸疼。天公好像有意与人为难，一下就是三天，直到第四天
头上才风停雨住，日出天晴。人们跑出野外一看，凡嫘祖娘娘抢丝捞线
的地方都留下了她深深浅浅、歪歪斜斜的脚印，好多拖在地上、挂在崖
壁上的彩色丝线一根也拉不起，半条也拽不动，横七竖八，如网似络，

牢牢地镶嵌在石头上，赤橙黄绿青蓝紫，七色相间，绚丽夺目。这些奇观异景历经沧海桑田而不灭，至今犹存。

阳城县境内建有许多蚕姑庙、蚕姑殿，主要有：泽城村蚕姑祠、贾柴村蚕姑庙、出水村蚕姑庙、蟒河村蚕姑殿、水草庙蚕姑殿、曹山沟村蚕姑殿、泥河村蚕姑殿和孤堆底村蚕姑殿等，有的还配有相应的故事壁画，还有许多以养蚕为主题内容的遗址。

正是因为有嫘祖娘娘的热心教授，阳城栽桑养蚕有了更大发展，有史记载的最早可上溯到商周时代，距今已有3000多年的历史。特别到

嫘祖像

蚕姑庙

清代，全县蚕丝贸易相当可观。民国初年，阳城外销商品中蚕桑占到首位。发展到近代，阳城成为"华北蚕桑第一县"，"阳城蚕茧"成为国家地理标志产品。

夸父饮泽

——夸父逐日饮濩泽出阳城的神话

关于阳城名字的来历，在民间传说中，与尽人皆知的"夸父逐日"神话有关，因而平添了无限的神秘色彩，也给这个北方的山区小城以无比的自豪和骄傲。古代思想文化史上著名的典籍《列子·汤问》是这样讲述的："夸父不量力，欲追日影，逐之于隅谷之际。渴欲得饮，赴饮河渭。河渭不足，将走北饮大泽。未至，道渴而死。"

说的是这样一个故事：古时候，在北方荒野中，有座巍峨雄伟、高耸入云的高山。在山林深处，生活着一群力大无穷的巨人。他们的首领，是幽冥之神"后土"的孙儿、"信"的儿子，名字叫做夸父。因此这群人就叫夸父族。他们身强力壮，高大魁梧，意志坚强，气概非凡。而且心地善良，勤劳勇敢，过着与世无争，逍遥自在的日子。

那时候大地荒凉，毒蛇猛兽横行，人们生活凄苦。

夸父为使本部落的人们能够活下去，每天都率领众人跟洪水猛兽搏斗，他常常将捉到的凶恶的黄蛇，挂在自己的两只耳朵上作为装饰，抓在手上挥舞，引以为荣。有一年的天气非常热，火辣辣的太阳直射在大地上，烤死庄稼，晒焦树木，河流干涸。人们热得难以忍受，夸父族的人纷纷死去。

夸父看到此情此景很难过，他仰头望着太阳，告诉族人，太阳实在是可恶，我要追上太阳，捉住它，让它听人的指挥。族人听后纷纷劝阻。有的人说："你千万别去呀，太阳离我们那么远，你会累死的。"有的人说："太阳那么热，你会被烤死的。"夸父心意已决，发誓要捉住太阳，让它为大家服务。他看着愁苦不堪的族人，说："为了大家的幸福生活，我一定要去。"

太阳刚刚从海上升起，夸父告别族人，怀着雄心壮志，从东海边上向着太阳升起的方向，迈开大步追去，开始了他逐日的征程。太阳在空中飞快地移动，夸父在地上如疾风似的拼命地追呀追。他穿过一座座大山，跨过一条条河流，大地被他的脚步震得"轰轰"作响，来回摇摆。

《山海经》上说，夸父身长八百余丈，约1584米。他跑累的时候，就微微打个盹，将鞋里的土抖落在地上，于是就形成大土山。饿的时候，就摘野果充饥。有时候，他也煮饭，用三块石头架锅，这三块石头，就成了三座鼎足而立的高山。

夸父追着太阳跑，眼看离太阳越来越近，他的信心越来越强。越接近太阳，就渴得越厉害，他就跑到黄河边，一口气把黄河水喝干。他又跑到渭河边，把渭河水也喝光了，仍不解渴。夸父又向北跑去，那里有一个纵横千里的大泽，大泽里的水足够夸父解渴。但是，夸父还没有跑

到大泽，就在半路上被渴死了。

后来，留下了两种说法：一种说，后人为纪念夸父，将他没有饮到水的那个大泽叫做"濩泽"。还有一种说，将他渴死的地方叫做"阳城"，意为"离太阳最近的地方""太阳离地面最近的地方"，也就是太阳之城。无论是"濩泽"，还是"阳城"，都是现代的阳城之地。因此，阳城成为古代黄河流域早期文化的发源地之一。

阳城虽然不是"离太阳最近的地方"，但是，其四时温差之大却是不争的事实。早春二月，当县城还是冰天雪地、万物沉睡之时，南部的蟒河地区已是春草遍地、清流潺潺。正当县城濩泽河一带桃花盛开的时候，距县城西南50余千米的析城山一带却是春蕾初绽，含苞待放。进

阳城县城

上古濩泽

入五月之后，县城的桃杏早已花落成泥，南部析城山一带春花却开得正艳。无论是洪荒的远古，还是遥远的未来，神话之城的阳城永远在演绎着与众不同的精彩神话，深深地吸引着关注并热爱她的世人！

尧帝选舜

——尧帝在阳城析城山选定接班人的神话

尧在平阳（今临汾）建都后，开辟河山，扩大疆域，体恤百姓，奖励农桑，以诚待人，选贤任能，政清功卓，国泰民安。然草木有荣枯，人生有盛衰。随着自己年龄的不断增大，尧王已经感到力不从心。于是，他决定选择一名有才能的人来接替大位，为民服务。

他在东岳泰山遇一才人，虽然眉清目秀，学富五车，才华横溢，但骄傲自大，目中无人，百姓敬而远之，尧王摇头弃之。他又在西岳华山遇一勇士，身材高大，武艺高强，能征善战，却狩猎践庄稼，搭弓伤鸡鸭，众人怒不敢言，尧王长叹而辞。他在汾河北岸遇一名流，能言善辩，通古悉今，却四体不勤，五谷不分，稼穑之事，一窍不通，尧王别而起身。他又在黄河之滨遇一劳者，袒胸赤足，汗流浃背，躬耕陇亩，却只知困睡饥食，不懂治国何为，尧王跨马上路。

春去秋来，花落花开。尧王走山进村，行程万里，

舜帝耕地遗址

但始终没有遇到中意之人，但他没有气馁，坚信贤人存在。这天，尧王一行来到了濩泽（阳城古称）之地的析城山，但见此山四周崖壁似城，中间凹陷如盆，有东、西、南、北四门，巍峨高大，山顶平坦，草木欣荣，一望无际，不觉心生欢喜。行至中间，遇一农夫，浓眉大眼，身材魁梧，正手扶犁拐，专心耕田，所役两头犍牛膘肥体壮，毛光水净。让人惊讶的是，牛屁股上居然各扣着一个用布帛裱糊的荆条饼箩，农夫手里拿着一根分叉木棍，边走边吆喝。牛若停步不前时，便举棍飞起，两股叉正好落在两头牛屁股后扣着的荆条饼箩上，牛受到惊吓，急速向前行走。

尧王和他的随从们看得好生奇怪，便上前打探道："敢问农家，天下之大，凡见耕者以鞭抽打牲口，促其前行，似今日你这番举动，实是不解。"

农夫见一长者询问，停下木犁，双手一拱，和颜悦色地说："回老者话，牛者，血性生灵也，为农家耕耘苦力，知饥寒温饱，只是不能言罢了。人有乏困之意，牛有力竭之时，如再鞭挞其体，于心何忍？我从前在历山耕耘，现在此山耕耘，无论在哪里，都是用此法。棍触双股，一视同仁，击之饼箩，不伤皮肉，催其前行便了。"他回首轻轻地抚摸着牛头接着说："农家有牛，如国之有民。农家无牛失之田本，国家失民，犹如房之无柱，体无骨架。农家爱牛则富，国之爱民则兴。古训说得好，凡不爱民者则亡，天下万事通一理也！"

尧王闻言，心中大喜，击掌称赞："君贤且圣，乃大器也！敢问姓氏为何？"

农夫作揖回答："小可单字之名，舜也！"

尧王上前紧紧握住他的手，激动地说："今日见舜，了我心愿，不枉四处奔波之劳，八方择人之苦。"当即决定选舜为自己的继承人，封之为王，随即又封析城山为圣王坪，舜所用的两股叉为"圣王鞭"。

回到都城平阳后，濩泽这个地方因为渔民争夺房子经常发生打架斗殴之事，为了进一步考验舜的执政能力，尧王派他到濩泽去捕鱼。舜去了以后，身体力行，对渔民晓之以理，动之以情，说服劝化，渔民明白了大

尧帝住过的山洞

舜王庙

义，和好如初，纷纷把房子让给别人，社会风气大为改观，渔业生产也得到很大发展，舜在人们心目中树起了崇高威望，领导能力也越来越强，具有常人没有的凝聚力和向心力，因而他所住过的地方，"一年成聚，二年成邑，三年成都"。尧问舜："如果让你治理天下，你该怎么做呢？"舜回答说："做任何事都要专心，即使细微的事情也丝毫不敢懈怠，对臣民要忠诚守信。"尧十分满意，放心地把部落首领的职务交给了舜。

舜继位后，更加兢兢业业，敬民如亲，礼贤下士，农时精于耕作，闲时练兵习武，把天下治理得比尧的时候还好。全国各地的部落首领知道后，都纷纷赶来朝拜，对舜歌功颂德，后世每言圣贤皆称"尧舜"。

禹劈山门

——大禹在阳城劈山导水的神话

    远古时期，世界广大地区普遍遭受巨大洪荒灾害。洪水如同猛兽，滚滚而来，吞噬一切。《山海经》中说："滔滔洪水，无所止极。"《孟子》载："当尧之时，天下犹未平，洪水横流泛滥于天下。"到处是水泽洪湖，民众十有九死，世界一片凄凉，哀鸿遍野。

    正值传说中的尧舜当政时期，大禹的父亲鲧被尧王派去治水，鲧采用"水来土掩"的堵水办法，结果治水九年，毫无成效，劳民伤财，被舜处死。后来，大臣们又推荐鲧的儿子禹去治水。

    受命之后，大禹不敢有丝毫懈怠，"三过家门而不入"，跋山涉水，跑遍了有洪水灾害的地方。他接受父亲治水的教训，改"堵"为"疏"，制定了疏通河道与修筑河堤相结合的办法，让河水归入河道，流入大海，从根本上消除水患。

    阳城地处黄河中下游地区，虽然境内高山林立，但也毫无例外地遭受了洪水的侵袭，且受灾情况相当严重，山崖横拦，泥沙淤堵，山势下沉，洪水上升，到处是一片水乡泽国，水面上漂满了人兽尸体，惨不忍睹。有幸活下来的人们趴在山顶、树上躲避，不知这连天阴雨何时能止，洪水何时能退。

就在这个关键时候，大禹来了。《尚书·禹贡》是这样记载的，大禹"导岍及岐，至于荆山，逾于河。壶口、雷首，至于太岳；底柱、析城，至于王屋；太行、恒山，至于碣石，入于海。"古书中提到的太岳、底柱和析城，正是阳城南部的三座大山，受灾最严重的当数析城山区。

析城山为上古名山，因山峰顶平、四周如城，有东、西、南、北四门，故名。山体呈南北走向，长达20千米，主峰海拔1888米，属中条山脉。大禹站在山上向东望去，只见山下之水顺流而下，到达巫神岭（今河北镇下交汤帝庙所在地）时，被四周的高山拦住，形成一个巨大湖泊，水深百米，方圆数里，泽地有桑，水中有鱼，东有起龙

吊猪岩

峰巫神之岭，南有凤岭，西有渔家岭（现为元岭），中峰北有神婆、高庙岭。东有马野之泉，南有南海洞之水补给，东北有刘家庄（现土孟村）、海眼（现名青年湖）灌注，三水合汇。四周高山突起，森林茂密，河南猛虎成群。此时，三水相合而成的湖泊，方圆数十里，人们纷纷逃离家园，择高地栖身，其悲惨之状，惨不忍睹。

大禹顺山而下，四周巡视，最后在湖之西北（今河北镇封头村东）高崖上发现，其北地势低缓，打通河道，放水通畅。于是挥神斧劈开一口，淤了很久的湖水顺势而下，水退田出。人们这才回归家园，耕田放牧，安居乐业。

被大禹劈开山崖放走洪水露出地面的地方，人们呼为"河北口"（即今河北镇），河道称为"无理河"。后来，"河北口"发展成为阳城西南的集镇重地，人口集中，商贸往来，繁华热闹，名扬四方，河北人为此骄傲和自豪，留下了"走遍天下串遍州，哪里也不如咱河北

口"的民谣。但因这里地势西低东高，其中河北和下交两条小河相汇之后，由东向西经吊猪崖流走，所以也形成并留下了"河北下交水西流"的奇特景观和千古民谣。

从河北口导完水，大禹又马不停蹄地顺流而下，赶到了凤凰丘（今阳城县城所在地），更是被眼前的洪灾惊得目瞪口呆：这里山势虽然不高，却是从北至东向南相连，自然形成一个大湖，只剩下西面一条宽阔的河带，由西向东而来的洪水，沿途汇集了许多河流，浩浩荡荡，于此集结，村庄良田被无情淹没，形成一个漫漫无边的大湖。

大雨如注不停地下，湖水日日上升，大禹心急如焚，寝食不安。他不顾自身安危，带着手下冒着瓢泼大雨，沿山势向东巡视，仔细寻找决湖泄洪之最佳地点。最终发现，湖泽的东面，南北两山对峙，山势陡峭，中间青石相连，而连山石壁也正是湖泽的最低之处。山的西面洪水集聚，湖水汹涌；山的东面河水潺潺，山高水浅。此地放水，当为最佳。

确定了方案，大禹取来自己那柄砍山神斧，一个人爬上石壁高墙，冒着被河水吞没的危险，高举神斧用力劈向连山石。耳边山崩地裂，眼前火花四射。三斧过后，一个一丈五尺多的大石门横空出世，湖泽内积聚多日的洪水，如同脱缰野马，震天动地吼叫着冲出石门，向东狂奔直泻。时日不长，美丽的凤凰丘水落石出，重见天日，躲在四周山上的人们欣喜若狂，纷纷返回家园，重新过上了丰衣足食、安居乐业的好日子。

大禹析城导水，留下了许多遗迹。在如今河北镇无理河西岸，有一百丈高的危崖，与四周山岭对峙，不粘不连，如刀削般整齐光滑，传说这里就是大禹当年析城劈山泄洪处。因中间有一形似倒挂着的无头猪，故称"吊猪崖"。逆流而上，就是河北口，再往上约10千米，就是析城山南河水源头。

石门口遗址

这个倒挂着的无头石猪，当地传说是汤王灭妖吊猪之处。

河北村西半山岭上的元岭村，古时原名为"渔家岭"，意为打鱼的地方，大禹还未劈开吊猪崖时，这里湖水荡漾，鱼虾丰富，人们在此乘船出湖，打鱼养家。吊猪崖劈开后，水去山出，草木丰盈，良田肥沃，人们这才弃船从农，过上了男耕女织的农家生活。随着时间的推移，渐渐地也将原来的"渔家岭"村讹为"元岭"村，并且以"元"为姓，传至今日。

大禹泄洪除害，功德无量。为了纪念他，后人在石门口高大的石崖壁上雕凿了"大禹神斧劈石门"七个大字，并在石门对面不远的小崦山上修建了一座"禹王庙"，里面塑着一座禹王像，他肩扛神斧，目光炯炯地望着石门口那已经变成潺潺而下的濩泽河，似乎准备随时起身去解除新的水患。庙里立着一通高大的石碑，详细记述了大禹在析城治水的经过，满是赞颂之辞。感恩戴德的濩泽人民年年朝拜，世

禹劈山门

禹王庙遗址

代纪念，生生不息，从未间断，可惜后来毁于战火。

　　如今，吊猪崖悬崖高耸，崖下清流潺潺；河北口自古繁华，人才辈出。特别是石门口遗迹依存，岩石袒露，树木丰茂，濩泽河在其山根缓缓流过，阳济公路穿行其中，往来车流如潮，成为山西出入中原一条重要的商旅通道。

愚公移山

——愚公在阳城境内移山的神话

阳城以沁河为界，河之东为太行山，河之西为中条山，其南部就是著名的王屋山。现在的阳城县西南横河镇银河村，就依偎在王屋山坳。这里，有一个自然村叫石缝村，据说就是愚公的故乡。在与后老寯村相距不远就有一个古村"河曲"，就是传说中"智叟"的故乡。

愚公故里石缝村

愚公故居遗址

　　世代居住在这里的愚公，面对着门前阻挡的太行、王屋两座大山，突然萌发出一个惊天动地的想法：移走这两座大山，踏平门前的道路。他虽然已经九十多岁了，但白发朱颜，精神矍铄，更兼力大无穷，子孙无数，受尽了门前这两座大山的阻挡之苦，有此想法也是再正常不过了。于是，他就召开家庭会议，意在统一思想，开始挖山。

　　但是，他的想法首先遭到儿子们的反对。一个儿子说：

"您老开山劈道毁泽放水，我们毫不犹豫跟着您干了，可现在是搬掉挡在我们门前的两座大山，谈何容易？"愚公答道："人做事要有目标，挖山就是咱们的目标。这也和你射箭一样，前面放一片叶子，能百发百中，如果放十片叶子，你的心思就不一样了，因为你考虑的是能射哪一片为好，结果就没有把握了。心志不专、精力分散就会使人迷茫混乱，结果一事无成。"

另一个儿子说："搬掉两座大山，咱们的精力再集中也无济于事，况且人的寿命是有限的，将有限的生命投入无限的挖山之中，将一事

愚公谷

推倒山

积渣山

盼子归

操蛇神(山神爷别称)庙

夸娥峰

无成。"愚公答道："只要祖祖辈辈向着一个目标，不愁挖不平，怕的就是半途而废，怕的就是精力不集中。知旱涝的比不过农夫，知水草的比不过马匹，知寒暑的比不过昆虫。因为他们了解事物。咱们祖辈延续，而山不增高，何愁山挖不平？"

愚公的妻子又提出了异议："挖山可以，可是那些挖出来的石头和泥土又该运到哪里？"

大家七嘴八舌地说："我们可以把石头和泥土堆放在渤海边。"

愚公满意地点点头，于是，带领他的儿子和孙子来到太行、王屋两座山下，敲碎石头，挖出泥土，用簸箕和竹筐把这些东西装走，运到渤海边。他的邻居是一个寡妇，家里有个八九岁的孩子，也跑出来和愚公他们一起运土。

这事让距此不远的河曲村（今阳城县河北镇河北村，古名河曲）一个很聪明，人称"智叟"的老头知道了，觉得十分可笑。他翻过大山，来到横河，想来劝劝这个年事已高却倔强地要挖平两座大山的愚公，放弃这个异想天开的想法。

智叟同愚公说："你这个老糊涂！都这把年纪了，还想去动那两座大山，别说是运石块泥土，即使是山的毫毛你也动不了啊！"

愚公抚着银须，微笑着问他："你可知道你那河曲村是怎么来的吗？"

对于自己家乡的来历，智叟当然一清二楚。不屑地说："当然知道啊，那是上古大禹劈山潟湖而成的啊！"

愚公反问道："既然大禹能够劈开大山，泄湖出地，以成村庄良田，为什么我就不能移走二山，造福子孙呢？"

"大禹是天神，更兼手里有神斧，而你不过一村夫，怎能和禹王相比呢？况且，你终究也有死去的一天，这两座大山什么时候才能挖平呢？"智叟不服气地问。

"唉，人人都说你是智叟，但我看你怎么冥顽不灵，连寡妇和儿童都不如呢？"愚公长叹了一口气，深沉地望着那挖山运土的子孙们，坚定地说："我当然会死，但我还有儿子，儿子又生孙子，孙子又生儿子，儿子又生孙子，孙子又生儿子……就这样，子子孙孙一代又一代，是没有穷尽的。而这两座大山又不会增高，怎么会挖不平呢？"

智叟一下子哑口无言。

愚公和智叟争论的时候，挂着蛇形拐杖的太行山和王屋山的山神恰好从他们身边路过，无意中听到了他们的对话，又看到愚公一家的行动，吓得不得了，担心愚公真会固执地把两座山挖走，就赶紧向天帝报告。天帝被愚公的精神所感动，命令天神把两座大山搬走了。从此，愚公一家再也不用为进出大山而发愁了，但他移山的壮举却在民

智叟故里古河曲村

间一代又一代流传下来，虽没有立庙祀祠，却在横河这一带留下了"愚门口""天门龛""一线天""愚公谷""京城氏盼子归"、夸娥氏及其二子化身的"夸娥峰"和挖山后沉渣堆积而成的"积渣山"等遗址。

阳城县"愚公移山"的神话传说，成为"山西省级非物质文化遗产"。曾经当过今横河镇银河村书记的赵锁应，就是山西省级非物质文化遗产"愚公移山"的传承人。

商汤祷雨

——商汤在阳城桑林地区析城山祷雨神话

　　商汤灭掉夏桀，在濩泽之地的王曲建都后，遇到连年大旱，滴雨未落，江河干涸，草木焦死，赤地千里，饿殍遍野，民不聊生。人们想尽办法向天祷雨，却滴雨未得。勤政爱民的帝汤昼夜忧思，心急如焚，向群臣讨计。太史官唐厥奏曰："此乃上天之怒，方降大旱。臣今占之，若免大旱，当用人祭之，可回天怒，即有甘霖。"

　　汤帝问："往何处祷之？"

　　唐厥说："桑林之野，有桑高十九丈，常闻有天仙于上，必须到桑林之野祷雨，上天才会下雨。"

　　汤帝又问："那桑林又在哪儿？"

　　唐厥奏道："濩泽南部，地阔林密，以桑居多，故名桑林，乃上古黄帝之妻嫘祖教民植桑养蚕之所在，中有一河，名桑林水，在众河皆干的情况下终年不竭，它的源头就是当年大禹治水亲自到过的析城山。这座山独立于世，接天连地，四面如城，中阔如坪，故曰

析城，乃为上古舜王躬耕圣地，上古名山也。若欲祷之，可备人头往祭。"

　　爱民如子的汤帝长叹一声，说："求雨原是为了百姓不受旱灾，怎么能为祈雨，先让百姓去死呢？"他断然做出决定："假如一定要用人来做祭品，那就让我来吧！"大臣们闻言，纷纷劝道："帝乃一国之主，上天之子，怎么可以用黎民之主、天子之体做祭品呢？"汤帝慷慨呈言："既为民主，即为民体，今我不做祭祈雨，怎能让上天相信我的诚意呢？我意已决，各位臣工不必多言。"他立即命人前往析城山筑起神坛，选定黄道吉日，沐浴斋戒七日，剪去头发指甲，身着素衣，头戴素帽，将自己扮作祭品模样，这才带领文武百官，乘素车，驾素马，进桑林，上析城。

　　析城山中间筑起的祭坛上堆满易燃的干柴。身着素衣素帽，身披白茅的汤帝，神情肃穆地走下白马拉着的白车，爬上神坛，跪在柴堆中间开始祷告："上天啊，我蒙众诸侯推举代夏，今九载矣，天下旱荒者七年，非东旱，则西旱，非南旱，则北旱，民不胜其苦。莫臣有过，

以于上天之怒，臣今天剪发断爪，身膺白茅，以为祭品，祈求上天不能因为我一个人的过错，而旱伤天下万民。今臣恳告上苍，为君者，只有六事而已。"

于是汤帝以"六事"自责："政不节与？使民疾与？何以不雨至斯极也！宫室崇与？妇谒盛与？何以不雨至斯极也！苞苴行与？谗夫兴

与？何以不雨至斯极也！"（《荀子·大略》）

这段话用现代汉语说，意思就是：上天呀，我自当商王以来，尽心尽力为臣民办事，不知怎么得罪了您，竟降灾不雨。难道我实行的措施不当、政策不好吗？我对臣民体恤不够，失职了吗？我贪图享受，多盖宫室殿堂了吗？我贪恋女色，身边的妻妾宫女太多了吗？我聚敛

析城山

商汤祷雨

财富，接受别人的贿赂、财礼了吗？我接近奸邪谄贪的人，让正直无私的臣民受压抑了吗？如果这些方面做得不好，那是我一人的过错，不要连累百姓们。我愿以身体做祭品，请上天降罪于我，普降甘霖，解除臣民的干渴之苦。

汤帝祷告完毕，以头触柴，捶胸顿足，失声痛哭，把胡须削下，扔入柴堆。命令巫师点火。

惊天动地的号角震耳欲聋，巫师点燃胡须引燃了柴堆。片刻之间，浓烟滚滚，烈焰腾空，把汤帝裹在烟火之中。

就在这霎时之间，奇迹发生了。刚才还是艳阳高照的天空突然乌云密布，电闪雷鸣，方圆数千里大雨倾盆而下，漫山遍野水流成河，凡旱之处，皆得润泽，也浇灭了析城山上的冲天柴火。人们欢呼雀跃，急忙上前把不省人事的汤帝从柴堆上扶下来，送到桑林河附近的村里医治。

传说，汤帝自焚祭天、祈雨救民的消息传回京城王曲，深爱他的

娘娘池

汤帝庙

帝后娘娘如五雷轰顶，心急如焚，立刻带上宫女侍卫，连夜飞奔上析城山。到了山上，看到的只是泥泞中的一堆柴灰，却不见汤帝的身影。娘娘认定汤帝已被焚归天，不禁悲痛欲绝，痛哭了三天三夜，泪水伴着胭脂粉流淌成河，在低洼处竟然聚成一个水池。后来得知汤帝仍在，这才化悲为喜，急迎汤王。

如今的析城山上还明显留有商汤祷雨遗址，娘娘哭汤王流下的泪水化作"娘娘池"，池水荡漾，永不干涸。随泪水流下的胭脂化作胭脂花，每年5月花开山顶，艳丽无比，并且，此花只在析城山上生长，下山就死。

商汤祷雨的不凡之举，在析城山上留下了不凡之迹，汤帝祷雨时燃烧后的胡须化成青草遍布草坪，人们称为"龙须草"；汤帝献身祷雨的析城山被称为"圣王坪"。当年商汤亲临析城山祷雨时，圣王坪因喜迎汤帝而让树木让位，除了当年有千层厚皮的桦树留下的后代，其他各种树木谁也不敢再到圣王坪生根繁衍。如今，析城山圣王坪始终茫茫一

下交汤帝庙

桑林村汤帝庙

片，空空荡荡，只有那青青龙须草在思念着自己已经远去的圣王主人。后来，人们在汤帝自焚祷雨的地方修建了汤帝庙，让他与娘娘生生死死在一起，永不分离⋯⋯

除此之外，还有许多神奇的传说。当年，商汤祷雨成功，一场细雨普降数日，万家愁苦得到解决。在桑林伤愈后的汤帝也卸下了压在头上数年的沉重愁苦，一身轻松，偕同娘娘四下观赏桑林风光。

阳城地处太行、王屋两山交界处，东面太行延绵不断，犹群马奔腾；西面王屋气势昂然，若虎踞龙盘；南面黄河长流，似玉带挂天；北面无名山峰，入云之半。

江山如此多娇，千姿百态，如醇酒醉人，沁人心脾。汤帝心旷神怡，游兴倍增，急欲登上桑林北面更高一些的无名山，观看天日。他携娘娘出桑林，经出水村，过马甲村，向无名山峰攀登。到达山顶，远眺大小山峦起起伏伏，似宽波细浪。再看脚下

凤山岭

指住山

云雾，翻滚缭绕，赛花团锦簇，不禁赞道："此山峰高风清，灵气透心，乃圣驾宝地，神仙佳境。"

桑林地区西有一山，山自群峦突兀而起，耸立三峰，形若三指，"中指"最高。峰顶呈圆柱状，山南为峭壁绝崖，山北稍缓。天然松林杂木密布，山下河水流淌（蟒河发源于山的东南麓）。似手指竖立的高山见汤帝在无名山峰指指点点，笑语不绝，急忙用劲，不断上长，意在以高取胜，吸引圣驾。汤帝笑道："已登此山，无暇返回，休得再长。"随之用手一指，此山骤然停止生长。

汤帝回首遥望析城山，见其方圆百里，一望无际，草木葱茏，生机无限，不禁心生欢喜，辞别无名山，欲往析城山再行观赏。无名山见汤帝起驾，无法挽留，急得摇头晃脑，气得发疯狂吼。

后来，人们把当年汤帝用手指指住不再升高的山称作"指住山"，把气得发疯、日夜狂吼的无名山称作"风山岭"。

　　这一年庄稼丰收，普天同庆，人民安居乐业。商汤更是高兴，命令乐官制作了桑林祷雨的音乐，并亲自命名"大濩"，一时流传天下。

　　阳城县民众为缅怀汤帝功德，每村都建有汤帝庙，总数达到380余座。现存130多座。它们或立于重山峻岭之巅，或建于高岩大龛之下，或设于大邑重镇之地，或布于里社村庄之中。几乎凡有人居住之地，就有汤庙，或祀有汤帝……

老子成仙

——老子在阳城南部修道成仙

　　春秋末年——2500多年前的一个深秋，现在的山西阳城南部，距县城27千米处的中条山脉尾部的晋豫交界处，一座主峰海拔1772米、山势高耸、峰顶伸出5个小山峰的大山，正脚踏长流不断的秋川河，蓬勃身上嶙峋的怪石和苍莽草木，翩翩舞动漫山如诗如画的红叶，准备迎接一位博学多才、修道有为、洞穿世事，后来千古传颂的世外高人。

　　这座造型奇特、风景秀美、别具一格，当时还没有属于自己真正名字的大山，就是名字来历不凡、闻名四方的五斗峰！

　　这个世外高人，就是《道德经》的作者、道家始祖、在析城山羽化成仙的太上老君——老子。

　　他的真名就是李耳。

　　当年，学识渊博，看透世事，骑青牛西行，准备归隐修道的老子，路过函谷关时，当时的关令，后来

五斗峰

成为他弟子的楼观道教主尹喜在此之前观星望气，看见东方有紫气飘来，知道有真人经过，早已在此等候拜迎。老子在此停下，根据尹喜的要求，留下一部洋洋五千余言的《道德经》，就又骑青牛向西而去，再无踪迹，成为历代追寻、终不见影的神秘圣人……

但是，谁也没有想到，当老子就要骑着自己的青牛跨过黄河，离开自己的故乡三门峡的时候，回首张望，忽然，看见北面由西向东蜿蜒而去的中条山尾部有山如柱，直通苍天，读遍古书的他立即想起了一句："贞，帝在东方曰析。"

"析"，乃东方之意。一柱擎天的那座神山所在之处，就是东方之城，是上古东方天帝太皞伏羲的王都，更是蕴藏着难以解析神秘天机的"地龙"所在之地，也就是人们苦苦追寻的神山"昆仑悬圃"啊！自己虽然已经看透世事，正在修行问道，但天下之大，哪里才是自己的悟道之所？如果能在这座看似遥远而神秘的神山修行，说不定以后还真的可以修成正道……

想到这里，老子心里有了方向，对着滚滚而下的黄河拱手致谢。然后，掉转牛头，进入中条山，直向东行……

老君堂村

　　不知越过了多少高山峻岭，跨过了多少河流峡谷，经历了多少风霜雪雨，老子终于到达自己的人生目标之地——昆仑丘边，踏上附近的一座奇特山峰。远远望去，这座先人著作中记述的昆仑丘拔地而起，酷似一条卧伏于地、头北面西的巨龙，山势巍峨，山顶壁石相围，如同城池。微风吹拂，阳光普照，祥云环绕，无限神秘，真是天下奇观。看来，自己的认识不差，选行正确，这座山，就是"昆仑悬圃"，盘古在此开天，女娲在此补天，伏羲在此画卦，愚公在此移山，商汤在此祷雨……

　　放眼四望，"山有三重，其状如屋"的王屋山在距它不远的西南。南面，与自己相邻的一座山更不寻常，顶峰犹如三指直竖，直刺苍天。此三指，正如自己手上的食指、中指和无名指，且中指最高（长），其余两指相依。根据自己多年来的修行，他深深知道，中指代表天，无名指代表地，食指代表人。这座山是天上、地下、人间三者的有机结合、立体呈现。从诞生的那天起，矗立大地，默默无语，就是在等待有缘人的悟道。但，古往今来，有谁真正在此山前悟出了神秘而简单的天道？也许，自己就是第一个。既然自己是它的第一个有缘之人，就不能让它无名。

老子闭目沉思，把手相切，突然醒悟，就给它命名"指柱山"吧！名副其实。

完成这一上天赋予的无声使命，老子手抚银须，抬头向天，"嘿嘿"一笑。

自己修道多年，看来没有白修。眼下，"昆仑悬圃"在北，王屋山在西，指柱山在南。看来，自己远行千里到这里修行，一生的理想追求必定能够实现。

但，欲修成大道，岁月无边，不计短长，何处可静心，哪里可以落脚？这可不是一天两天的事，也许就是自己这平凡的一生了。"昆仑悬圃"是上古先人天帝居住之地，自己不过也就是一个凡人，德不配位。王屋山为上仙之别有洞天，自己只有修道成真，方可登临。指柱山更是天、地、人三界交汇之处，岂可随意上去停身修道……

老君庙

正在犯愁，胯下青牛摆动了一下身子，把在忧虑愁闷中沉思徘徊的老子惊醒。他抬起头来无意一望，顿时张大了嘴巴——此时，自己身在这座山的临顶之侧，茫茫林海之中，竟然五峰直立，如海中岛屿，似蓬莱仙境。顶上那五峰，犹如一只巨大的神手，五指齐全，在明媚阳光的照耀下，螺纹清晰，五斗显现。

前有三指直竖的指柱山，眼前是五指齐全的一座山，山体呈峰、坡、台、崖、瀑、谷融为一体，四周险峰矗立，峭壁如削，苍松翠柏，姿态万千，实乃天下一绝。形如五指，总不是五指山吧？何况前面已有三指竖立的指柱山了。

老子陷入沉思，不知自己究竟到了什么仙境。

突然，一阵凉风吹来，不知从哪里飘来一朵五彩祥云，在那五指山峰之间款款游走。蓝天之下，五指峰间，光芒四射，无比吉祥。老子目睹此景，心似潮涌，惊诧万分。正要双手合十，感谢上天。忽然，一个声音在耳边缓缓响起：上有五星，世有五峰，上下相合，五斗苍穹。

清脆而古老的声音刚刚入耳，眼前在五峰间飘过的那朵五彩云越过峰顶，缓缓飘向天际，眨眼之间消失于视野之中……

老子突然醒悟，这是上天给自己的提示。自己在函谷关写的《道》《德》文中已经明确表示过：道可道，非常道。名可名，非常名。当下这座山，山顶形似五指；刚才所见飘逝的是五彩祥云，上天提示"上有五星"，辰星、太白、荧惑、岁星、镇星，也就是人间所言相对照的水星、金星、火星、木星、土星。

上有五星，世有五峰，上下相合，五斗苍穹。这座山，就是五斗峰！

五斗峰，既是大地之手，又是吉祥之地，更是自己安居修道之地！

就在这座神山脚下修行吧！一日修正，必定成真！

悟出天道，老子刚才惆怅迷惑的心顿时沉静如水，他打定主意，立即骑牛下山，寻找安居修道之地。

　　山高路窄，荆棘丛生，顽石挡道，十分难行。一块巨大青石板面，光滑无比。为保持稳定，青牛用力踏石，一脚下去，踏出一个石坑，下一脚再不能往前行，老子立即下牛，想牵牛慢慢过了这一段。没想到，硬石似乎怕他这位高人，一脚落地，竟然踏出一个深深的脚印……

　　下得山来，眼前风光无限，树木成林，青草遍地，小河潺潺，飞鸟啾啾，如同世外桃源，安逸静谧。老子心中欢畅，长长出了一口气，刚才下山时猛烈跳动的心缓缓安静下来。他自选一块宝地，草木搭屋，清溪为饮，山果为食。日行四边，昼巡崖龛，夜眠草屋，读书思考。特别是攀登上昆仑丘（析城山），四门巡察，观天看地，访问"瑶池"，上叩"天龙"，下拜"地中"，心胸更加开阔，思想更加深邃……

　　老子初来五斗峰下，当地并无人烟。时间一长，有人偶尔经过，发现此地居然有一身材魁梧、银发

老子右脚印（原修土摄）

青牛蹄印（原修土摄）

须眉、额宽耳阔、犹如仙人的老人独居修道，顿感这里乃风水宝地。加之当时战乱不断，民不聊生，于是，迁到此地安家落户，后来，人们陆续迁居，逐渐形成一个不大的山庄。

小庄从无到有，如同人一样具有生命，应该起个合适的名字。但是，究竟起什么名字好？村人前去请教老子。老子想了一下说：前无古人，后有来者。现在的五斗峰下，前面沟里已经有了人家。咱们这里有庄，亦在其后。如要起名，就如我这个简陋居房一样吧，前沟那庄就叫前堂，咱这里就叫后堂吧！

虽分前后，"堂"却不简单，村人自然没有意见。从此，神手高举的五斗峰下，前堂、后堂两个寓意无穷的小村庄横空面世。后堂以北的沟里，也慢慢有了人家。不知寂寞了多少岁月的五斗峰下，从此炊烟袅袅，充满生机。老子更是把自己修行得道的思想传给当地人，人们越发诚信，生活安居乐业。

不知何时，后堂庄的人突然发现，这个仙人般的先生不见了，不

老子羽化成仙化石

知去向何处。后来，当地人无意中发现，昆仑丘（析城山）东脉、风山岭之后高高的龙盘山头前壁，突然冒出一尊石化人像，端坐崖前，以崖为靠，双手合十，面向东方，犹如一个闭目诵经的修道者。无论身形，还是面容，与老子俨然一人……

龙盘山不是简单的山岭，它由西向东，头东尾西，头压风山岭，尾接析城山，如同从析城山上下来的一条巨龙，昂首向东，尊严神圣，崖壁似身，一线分明。从古至今，无人敢登。有人说，经常见这个不知从哪里来的银发白眉老人上山朝拜，坐在龙盘山之东毫无遮挡的"龙嘴"石崖前，双手合十，闭目诵经……还有人说，那天，他远远看见这个银发白眉老人在那里，打坐时间不长，突然，天边飘来一片祥云，老人踏云而去，羽化成仙，上了青天。回头一看，老人刚才坐的那里，居然出现了一尊形似打坐诵经的老人石像，一动不动。此后，不管风吹雨打，还是日晒霜雪，安然无恙。

人们议论纷纷，说什么的也有。但是，不管怎样，当地人都认为：这个神秘的老人，肯定是一位相当不平凡的仙人！既然是仙，就要供奉。后堂人在一个石龛下修建了一座小庙，上香祭祀。

时光飞逝，不知过了多少年月，传闻老子李耳羽化成仙，成为仙界的太上老君，人人敬佩。五斗峰下偏僻的后堂村人这才知道，他们祖辈口口相传曾经在村里修道传道的那位银发白眉、举止不凡、神秘消失的老人，就是太上老君的人间化身，更是无限崇拜。于是，当地人把老子曾经停身修道的后堂村，改名为"老君堂"，把那座无名小庙称为"老君庙"。祖祖辈辈，世代相传。

如今，古老的老君堂村依然存在，老君庙虽然日久失修破烂不堪，但遗址尚在。庙存碑文描述当时的周边环境："仰观，则石壁万仞；俯瞰，则泉壑千寻。"连接老君庙的那条羊肠小道，名为"灵官梯"。庙院中一眼石头砌壁的石泉，泉水清洌，虽经岁月变迁，风吹日晒，泉水仍无半点浑浊，"挠之而不汙，汲之而不竭，诚澄心鉴物之灵者也"（庙里碑文）。特别是与之相距不远的孔才村南边山沟里的一块大青石上，留下了一个长约50cm，最宽处约17cm，深3~5cm的人的右脚印，印痕光滑圆润，脚趾、脚板清晰明了，没有丝毫人工打凿的痕迹。还有一个牛蹄印，印痕与之相同，深5cm左右，直径30cm左右。当地人祖辈传说，这脚印和蹄印，就是当年老子到来时，和他的青牛留下的印记。可惜，后来修路磨损，受到破坏，加之年代久远，自然风化，石上之脚印、蹄印逐渐模糊，只有当地学者原修土先生早年考察时留下的照片……

特别显著的是老子羽化成仙处，那座名字并不怎么响亮的无名山。每当人们从与之相邻的北面阳杨公路经过，与新建的"太行一号旅游公路"相交的对桥村一段，就可以远远地看到昆仑丘（析城山）东、风山岭西、王帽岭南，高出众山的那座被当地人称为"老和尚圪堆"的山巅，一道高大的崖壁之前，一尊真人化身石像，端坐蒲团，双手合十，双目紧闭。不管风吹雨打，神态安然，他的面前，河流淙淙东去，日夜不绝。绿水青山之中，左边，西麻娄山高出群峰，花蕊绽放，成为绝世奇景；东麻娄山如锥耸立，直刺蓝天。右边，三指直竖的指柱山顶天立地，庙宇堂皇，别具一格；五斗峰如莲花盛开，清香四溢，分外迷人。

神话传说中，老子成仙成为天上的太上老君之事家喻户晓，道教人士更加尊崇，《道德经》更是流行天下，对老子的思想认识和无限信仰更是达到高潮！

据说，阳城县河北镇距五斗峰不远与老君堂村相邻的孔才村，其名字的来历也与老子有关。当年孔子四处打听老师老子的去向，偶然听到老子在五斗峰下隐居修行的消息后，不辞辛苦，攀越中条山，前来朝拜。等他四下寻访到这个小小的老君堂村时，老子已经在析城山上羽化成仙。孔子无奈只好在距老君堂村不远的一个无名小村停留几天，传授儒家学说。孔子后来成为儒家始祖，声名远播。人们就为村子取名为孔才村。

穆王巡阳

—— 周穆王濩泽巡访时留下的千古神话

春风缭绕五色祥云罩玉象

宝殿巍峨层颜紫雾见金龙

这是位于阳城县城西南盘亭峰下建龙宫内大雄宝殿廊前石柱上的一副饱经岁月沧桑的对联，它记载着周穆王濩泽巡访的故事，时时提醒着后人永远铭记周穆王的不朽功德。

周穆王姬满登基之时，已是知天命之年。除了干好朝政，他心里一直装着一件心事，就是一直想到千里之外的濩泽盘亭山里，去看望一下曾经养育过自己的"山村老母"，以表达自己的感恩之情。

原来，民间传说，姬满是真龙转世。那年，天上一位德高望重的神仙把一颗巨蛋丢失在濩泽南部盘亭山下的草丛里，被一白发老妇人捡到。抱回家数日后，巨蛋滚动破裂，钻出一条金色小龙。金龙神胎仙骨，脱壳后就会说话。

古譙峣山

　　老妇早年丧夫，孤身一人，见此情景并不害怕，反而满心欢喜，像养活自己亲生儿子那样精心侍候小龙。金龙也敬老妇如母，百事顺从。长大后，突然接到玉帝圣旨，命他火速回归天庭。金龙舍不下养育自己的老母，又不能违背圣旨。回到天庭后，时时怀念人间老母，闷闷不乐。玉帝见他思凡心切，便颁旨让他投胎帝王之家，做一代真龙天子，理好大周朝政，造福黎民百姓。金龙遵旨下凡，出生时金光环身护体，缕缕芳香扑鼻。父亲昭王惊奇，为其取名姬满，寓"朗朗江山满意乾坤"之意。姬满不同凡人，能记得前世之事。因此心里一直牵挂着盘亭山里的那位"老母"，暗暗寻找报恩的机会。

　　恰好此时下官上报，说自商汤帝在濩泽境内析城山上祷雨之后，此地风调雨顺，人民安居乐业，蚕桑发展更是非比寻常。周穆王本来就对商汤祷雨羡慕不已，现在听说濩泽上贡的丝绸质地优良，忽然想起盘亭山就在析城山旁，何不前往观桑，抚民送暖，顺便了却自己的心事？主意拿定，遂命礼官卜选黄道吉日，于公元前924年春月，带着太子，离了镐京，沿黄河一路向东，浩浩荡荡向中条山东的析城山而来。

大队人马攀上太行山，进入濩泽境内，早有当地官员为迎接天子观桑的到来，在桑林之地修建了天子行宫——居范宫。周穆王沿濩泽河而上至濩泽县城，见这桑林之地在濩泽县城东南，而自己要拜见的"老母"所在的盘亭山在濩泽县城西南，思母心切的他当即决定先行拜母，再去观桑。时值养蚕季节，风和日丽，到处是采桑姑娘欢快的歌声。周穆王心中喜乐，每到一处都要深入村庄观访蚕事，看人们如何采桑喂养，询问饥饱寒暖，体会劳作辛苦。他席地而坐，与民拉着家常，用土陶饮水，粗粮充饥。

这天，周穆王参观过先贤舜曾经打过鱼的濩泽湖，爬上了郁郁葱葱、起伏连绵的嶕峣山，只见此山高出列周，山风朗朗，景色苍苍，村庄田舍，极目可望，濩泽河两岸的山坡田头，桑树郁郁葱葱，一望

回龙禅院

建龙宫

麻地回龙庙

无际。看到附近地里有一老农正在采桑，周穆王不觉心生喜爱，只身前往探访。

　　嶕峣山顶正中，有一池大水，波光粼粼，蓝天倒映，清风徐来，涟漪阵阵。时值六月天气，烈日当头，随从官兵一路爬坡上来，浑身汗热难挡。生性顽皮好动，曾在渭水击浪的太子一见这池清水，顿时难抵诱惑，决意入池戏水，消暑解困。手下将官劝道："此水未知深浅，还是不下水好。"太子笑了笑，不屑地说："本太子连渭水都不怕，

过龙宫门额

何惧这池无名之水？"众官兵谁也拦不住执意要下水的太子，只好任其所为，并心存侥幸。

太子一下水，就觉得池水冰冷异常，寒气侵骨，不由打了一个冷战。他想翻身出水，又怕惹众官兵笑话，想着游一游也许就没事了。于是就慢慢地向池心游去。但游着游着，池水越来越冷，就赶紧抽身返回，谁知双脚却被长长的水草缠住，并且越缠越紧。太子再也顾不上什么脸面，大声呼救。池边几个会水的兵士立即扑身相救，也被水草缠住，勉强挣扎了几下，几个人就眼睁睁地消失在池水中。

众官兵吓得面如土色，急忙去向还在地头桑树下和老农交谈的周穆王禀报。周穆王闻言大吃一惊，起来就要赶向儿子出事的水池。刚出地头，忽然天色大变，一阵大风刮来，飞沙走石，遮天蔽日，连眼睛都睁不开。周穆王被这突如其来的大风几乎刮倒，情急之中一掌按在脚下的大石头上，这才没有跌倒。众官兵急忙上前护驾。

谁知这大风直刮得嶕峣山上树木横折，暗无天日。刚才那个与周穆王交谈的老农闻知此事，上前禀道："此池自古以来乃一冷水之池，深不可测，牛羊掉进无数，不见踪影。太子恐怕已经落难，还是先顾好天子龙体为上。"周穆王怒道："既然此池不吉，何不填之成山？"想想儿子已无救，不觉心生悲痛，只好下旨移驾，离开此地。人马过次营、下董封，来到苏岭之上的一个小庄子，才躲过了这场大风。周穆王停下身来，命人返回嶕峣山探报情况。

直到三天之后，探子才回报：皇家人马撤走之后，嶕峣山上的大风居然整整刮了三天才停下，更奇怪的是，那汪池水下陷，从中耸出了一个高高的山堆。站在山堆上往下看，东西两侧沟地、地形两两相对。周穆王一听，起身向东望去，朦胧之中但见前日还是平顶的嶕峣山上一岭突出，层峦叠嶂，如同墓顶。周穆王长长地叹了一口气："一切都是天意，天意不可违呀……就让太子永居于此吧！"

失去爱子，周穆王心情悲凉，就在小庄子暂时住下来。百姓得知当今天子在庄，纷纷前来拜见。周穆王只得先把失子之痛隐藏起来，与百姓谈农事、说蚕桑，休养了几天，就起驾直往当年巨蛋落地、金龙出世的盘亭山脚，拜见已是高龄的老母。周穆王想把老母带回京都去享受荣华富贵，却被老母婉言谢绝了："我就是一个山野村妇，已经习惯了这里的生活，还真不想享受什么荣华富贵，更没有想到当年的小龙会成为当今的天子，我这也算见到真龙了，这一辈子也就满

过龙宫

护驾村

驾岭村

足了。"

依依不舍拜别老母，周穆王起身前往桑林观桑。翻过山岭时天就暗下来，只得在山坳里的一个向阳小山庄住下。第二天沿山岭而下，到达今驾岭村时已是中午。此时红日高照，炎热异常，只得停车歇息后继续前进。没想到刚走了一段，车轴干燥，不但寸步难行，而且噪声震天。不得已，只得重新停下给车上油。又走了一段，马蹄掌松动，就要落下。只好又停车，随行人员给马蹄钉掌，周穆王下车亲自验掌后，继续前行。到达吊猪崖上时，望着崖下哗哗流淌的无里河，回首不远处的天子嶂，周穆王回想这次不平凡的旅程，心中感慨万千，就地对这次出巡的有功将士进行封赏，这才下山过河，向南到达古桑林。

在桑林，周穆王细细观赏了当地人民养蚕和缫丝的过程，深为这里蚕桑事业的发展和高超的缫丝技术而欣慰，于是开设宴席，大宴群臣。丝竹悠悠,吹奏着犹如仙音的《大濩》之乐,桑女翩翩起舞,表演着濩泽人民植桑、采桑、养蚕、摘茧、缫丝、织缎等劳动情节。周穆王看到人民勤劳、农桑丰收、生活富足、盛世太平,禁不住举杯痛饮。

周穆王走后,为了纪念他不远千里回访故地,深入民间体察民情的德行,当地百姓便把嶕峣山上那个埋着穆天子儿子的大圪堆叫做"天子圪堆",逢年过节,前去朝拜,因此又叫"朝圣山"。把穆天子在附近扶桑问农,被风吹倒后手掌着地的地方叫做"天子掌",久而久之,讹为"天掌"。将穆天子在苏岭小山村招民问事停宿的这个小山村叫做"回龙"(今董卦回龙村),并修建了一座"回龙庙"。把拜访老妪的地方叫做"见龙地"(在今横河乡受益村后),并且修建了一座"见龙宫"(后改为"建龙宫")。把他下山经过的一个村庄叫"过龙"(今河北镇暖迦村),把他住驾歇息的地方叫做"驾岭"(今河北镇驾岭村),把他的侍卫队住过的地方叫做"护驾"(今河北镇护驾村),把停车上油的地方叫做"膏车"(今河北镇告车村),把他下车验马掌的地

告车村

穆王巡阳

彦掌村

封头村

方叫验掌（今河北镇彦掌村），把他封赏有功将士的地方叫做"封头"（今河北镇封头村）。在桑林穆天子下榻的行宫"居范宫"的附近，留下了三个与这个宫殿有关的村庄，分别是范圪瘩、宫上、范上沟。正如《穆天子传》所载："（天子）四日休于濩泽。""甲寅，天子作居范宫，以观桑者，乃饮于桑林。"

如今，虽历沧海桑田，百代更迭，周穆王濩泽巡桑的历史记录犹存，回龙村的回龙庙静静挺立，暖汕村中的"过龙宫"默然安存，告车庄边的青石板上，依然清晰地留有深深的车辙，清静雅致的建龙宫躺在三面环山、水绕于旁的十八罗汉峰沟谷中，默默地回忆着曾经的往事。

鬼谷授徒

——鬼谷子在阳城云蒙山传艺授徒的神话

向西，向西！

额前四颗肉痣、成鬼宿之象的奇人王诩顶着烈日越过黄河，攀上太行山，进入濩泽地界，又向西翻山越岭走了几天，云蒙山就横亘在他的面前。他抬头向上望去，只见此山山势雄伟，峰峦交错，云雾弥漫。他掬起山脚下清凌凌的河水喝了几口，只觉一阵甘甜入内，热汗顿消。他缓了一口气，继续奋力向上攀爬，一路上古树参天，藤蔓密集，各种动物穿梭往来，好奇地打量着这个陌生的来客。终于上到山顶，放眼望去，眼前的景色更让他目瞪口呆，只见千奇百怪的峰峦似海洋中的岛屿，出没于万顷林海之中，奇形怪状，难以描绘，嵯峨交错蔚为壮观——终于到了仙师隐居的云蒙山了。

地处阳城、沁水、垣曲三县交界处的云蒙山，又名"云梦山"，山高谷深，植被茂密，整日云雾缭绕。

民谚云："云蒙山日日雾罩。"仙师所隐居的"三龛"在其南部悬崖峭壁之上，《阳城县志》云：由巅缘壁而下，危蹬凌空，令人骨栗。至第一龛，石洞栖霞，烟云变化，日更万态，地周数弓，岩悬乳窦，滴水一泓，可饮数百人。二龛梯壁如前，谷弥幽邃。三龛尤险，游者罕至。唯三龛有楼宇、石床、丹灶。从此而上，履巉岩，披蒙茸，踞虎豹，登虬龙。回视来梯，峭壁插天，不能以寻尺计。

传说，王诩不远千里来到云蒙山拜师学艺，在山顶拜过等他而来的师父，就前往所居的洞龛。沿着一段在危崖峭壁上凿出来仅一脚宽的窄梯而下，谷深无底，人若悬空，两腿发软，不寒而栗，身旁烟云缭绕，山涧流水轰鸣。好不容易进入龛内，却是别有洞天，石床、石灶、石碗一应俱全，回看洞外，早被烟云遮蔽，如履平地。正在惊奇，师父开了口："已下石梯三百级，置身犹在白云巅。非此与世隔绝地，打开天书识世界。"

斩鬼村遗址

云蒙山

佛龛鬼谷子隐居地

二龛

三龛

九年之后，师父仙逝。临终之前，交付他一卷竹简，简上书"天书"二字。王诩打开看时，从头至尾竟无一字，王诩心中纳闷。与师父相依为命九年时光，感情日笃，今天师父突然离去，一时觉得无着无落，心里空空荡荡，无心茶饭，钻进自己的洞室倒头便睡。可又如何睡得着？辗转反侧，老是想着那卷无字天书，直折腾到天黑，那竹简仍在眼前铺开卷起、卷起铺开，百思不得其解。他索性爬起来，点着火把，借着光一看，吓得他跳了起来，竹简上竟闪出千道金光，一行行蝌蚪文闪闪发光。王诩这才知道，这就是世传"金书"，由此，他得到了师父的真传，日星象纬，占卜八卦，预算世故，十分精确；六韬三略，变化无穷，布阵行军，鬼神莫测；广记多闻，明理审势，出口成章，万人难当；修身养性，祛病延寿，学究精深。尤其长于持身养性，精于心理揣摩，深明刚柔之势，通晓纵横捭阖之术，独具通天之智，一时声名大振。

多年之后，后来流芳百世的张仪、苏秦、孙膑、庞涓，也像王诩当初一样，历尽辛苦，寻入云蒙拜师学艺。王诩搬离洞龛，来到一清溪边结庐而居，自号"鬼谷"，人称"鬼谷子"。

这天，鬼谷子在溪边端坐，考问孙、庞学习情况。二人天文地理无所不知，思维缜密，对答如流。他见二人的基本功已扎实，就想看看他们实战功夫到底如何。于是将二人叫到身边说："你二人基础已经扎实，今天，我就教你们排兵布阵。"孙膑和庞涓相互对视了一下，面露难色。鬼谷子看出了他们的心思，说："你们是不是想说没有兵将，如何排兵布阵？"

"正是。"

"你们看，"鬼谷子指着桌子说，"这不是兵将吗？"

孙膑和庞涓往桌上看去，见只有一碗绿豆，心里觉得好笑，可又不敢笑。鬼谷子知道二人的小心思，于是带着二人来到演兵岭上，手抓一把豆，口中念念有词，说了声"疾"！随手将豆撒了出去，说来也怪，这些绿豆一落地，都变成了活的兵将，并且分成了赤、皂两队人马。演兵岭上顿时人声鼎沸，战马嘶鸣，三人已经站在高台上。孙膑和庞涓都看呆了，连先生叫他们都没有听见。鬼谷子命孙膑为赤军帅，庞涓为皂军帅，各领一军与对方交战，鬼谷子在一旁指导。经过多次演练，孙膑和庞涓的实战本领大长。

稍事休息，鬼谷子又教起布阵来。鬼谷子说："布阵之要诀在于进

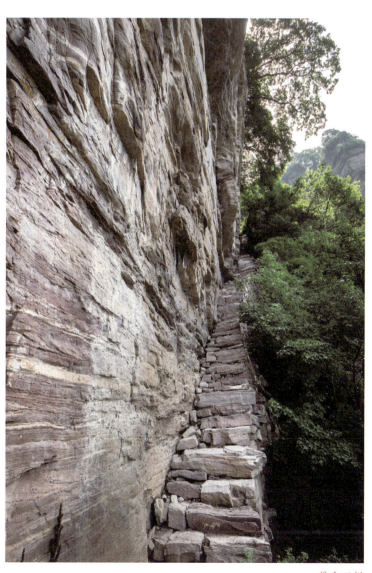

佛龛石梯

可攻，退可守，攻守兼备。攻则摧枯拉朽，守则固若金汤。先看此阵。"说着，鬼谷子随手一挥，兵将排列出一阵，蜿蜒起伏，犹如长蛇一般。鬼谷子说："此阵以其象形而名，叫长蛇阵。如常山之蛇，击首则尾至，击尾则首至，击中则首尾俱至。其他阵法，大致如此。你二人可细心研读兵法，将书中所言，与实际运用结合，融会贯通，方能得其真谛。"

孙膑、庞涓在鬼谷子的指点下，在演兵岭摆开了各种阵势。有风后握奇阵、黄帝八卦阵、周易师卦阵、鬼谷子的颠倒八卦阵。斩草为马，撒豆为兵，云蒙山演兵岭成了孙、庞斗智斗勇的战场。

孙膑、庞涓学艺多年，终于学成，下山去建功立业。鬼谷子送下云蒙，摘下两支马兜铃作为临别相赠，其意不言而喻。孙、庞二人感其深恩，恋恋不舍。

目送两位徒弟在视野消失，鬼谷子转身正要返回，忽然有两个老者哭诉而来，说近日云蒙山下魔鬼作祟，兴风作浪，截途挡道，入室害人，闹得家家白天不敢出门，黑夜不敢吹灯，请求鬼谷子为民除害。

鬼谷子欣然应允，手持随身带的桃木神剑，只身一人，昼夜巡庄，数日不见魔鬼踪影。这天，他走到小云蒙，饥肠辘辘，浑身乏力，于是盘腿而坐，歇脚打尖。突然，一阵阴风袭来，霎时刮得尘土飞扬，天昏地暗。只见阴风之中，一群魔鬼披头散发，吐舌露牙，脚下踩风，头顶罩烟，在山峡落下，有的藏进树林，有的拦在路口，有的进了村庄。鬼谷子看得清楚，抽出宝剑，念动咒语，向前一指，定住鬼身，然后祭起宝剑，飞旋斩鬼。工夫不大，就把这些藏匿在山中的恶鬼一个个斩尽杀绝，解除了百姓的心头大患。

云蒙山从此留下了鬼谷子的痕迹：斩鬼的地方叫斩鬼坡，后来住上了人家，称为"斩鬼庄"。鬼谷子居住的山谷叫"谷子涧"，他教孙、庞布兵排阵的地方叫"谷子阵"。这些地方的青石板上至今留有鬼谷子当年留下的足迹和马蹄印子，深浅不一，零乱无序。只有当年他送孙膑、庞涓下山之处，满地的马兜铃依然亭亭玉立，随风摇曳，似乎还在等待着这位云蒙山的主人。

鬼谷子，王氏，名诩，别名禅，战国时代传奇人物。谋略家、纵横家的鼻祖，兵法集大成者，诸子百家之纵横家创始人。精通百家学问，因隐居在云梦山鬼谷，故自称鬼谷先生。常入山静修，传说，他被上天赐予通天彻地的智慧，深谙自然之规律，天道之奥妙，被后世尊为"谋圣"，是与孔子、老子并列的学术大家。他隐于世外，精于心理揣摩，深明刚柔之势，通晓纵横捭阖之术，独具通天之智，将天下置于棋局，弟子出将入相，左右列国存亡，推动历史的走向。主要作品有《鬼谷子》《本经阴符七术》等，其著作被后世称为"智慧禁果，旷世奇书"，历代列为禁书。

九女登台

——九女仙湖中九女仙台的来历神话

九女仙台位于现在的九女仙湖中央。

这是位于太行山沁河大峡谷中，由水电大坝蓄水而成的高峡平湖，湖面长达10千米，水域面积117公顷，是晋城市境内面积最大的水域。其主景就是位于湖中的"中流一片石，万古九仙台"。它下瘦上丰，通高70余米，屹立湖心，如砥如柱，似江心之舟，如水中莲台，袅袅婷婷，婀娜多姿。顶上建有九仙女祠。远远望去，一石突出，似从天降，如空中楼阁，海市蜃楼，恍惚中似有仙女出没，红衣绿袖，霓裳飘飘，磬钟和乐，隐隐约约，更添一份神秘。登台观望，但见湖水碧绿，远山青青，鱼虾漫游，舟船穿梭，山湖相映，水天一色，顿时令人心胸敞亮，愁闷远去，烦恼消逝。

九女仙台屹立于沁河中流，如湖心小岛，似水中莲台。明朝诗人俞时形容它"山环挂天柱，水绕跨河轮"，就是说它像一个顶天的柱子，又像一只水中的大船；明朝诗人宋之范赞美它"太行多胜境，无乃此为尤"，又有诗人描述它"孤峰磐石上，四顾大河横"。台上面积440余平方米，原来有房屋殿宇108间，代表了古代山西108个州县。台顶九女祠内原有9尊仙女铜像，造型生动，栩栩如生，铸工精细，极为珍贵，可惜在日军侵华期间被人盗去，至今下落不明。

关于九女仙台的来历，民间有言：先有初分石，后有九女祠。据说，当年燃灯道人协助周武王伐纣，商朝太师闻仲请赵公明助之，屡败周兵。昆仑山散仙陆压帮助周武王，以七箭书法，每夜步罡踏斗，箭射草人，赵公明被陆压用法术七箭射亡。申公豹挑唆赵公明的妹妹云霄、碧霄、琼霄为其兄报仇。云霄、碧霄、琼霄各带法宝下山，摆

九女仙台

初分石

下"九曲黄河阵"，用混元金斗困住十二大仙。道教主、通天教主、截教主、阐教主共同协助周武王作战，合力破开九曲黄河阵，收复了云霄、碧霄、琼霄，后被姜子牙封为"三霄娘娘"。但就在这一场恶战中，云霄娘娘最后抛出自己的神剑深深插入湖中，化为一座孤台，形如利剑，下窄上丰——这就是神话传说中仙台的来历。

玉皇大帝有九个女儿，聪明伶俐，备受王母娘娘的喜爱。一天，九位仙女下界游玩来到这里，顿时被这座高出河面的仙台所吸引，更是迷恋这里的山水风光。她们在河里洗浴，在水面上行走如履平地，潜入水中如鱼得水，时而上浮时而下潜，神出鬼没，轻盈自如。河边长住的黑、黄二龙，常因抢占地盘而争斗，周围百姓苦不堪言。二龙看见在水中嬉戏的九位仙女，顿时被她们的美貌所吸引，于是，不管长短，出洞下河来捕捉，想让她们长久侍候自己。九位仙女与黑、黄二龙在河中相斗不敌，一位仙女飞回天宫，向太上老君借来宝器，将二龙制服，压入沁河水底。从此，九位仙女居于台上，寂寞仙台有了仙女居住，名副其实的九女仙台正式问世。

九女仙台上有三个大字"初分石"，边上还有"云霄真人记"五个小字。这三个大字是九女仙台的创始人云霄真人所题写。台上的仙女

包骨像

九仙女塑像

祠分正殿、配殿及东西厢房。九女祠的正殿是仙女殿，仙女殿内供奉的是王母娘娘和她的九个女儿，两侧分别是药王殿和送子娘娘殿，东西厢房分别供奉太上老君和财神爷。其东厢房里有一尊"包骨像"。《阳城县志》记载，明成化十八年（1482），沁河发生百年不遇的洪水，河水上涨长达49天，九女祠的一位道人被困台上。人们用弓箭射食物火种，因距离太远无法射到台上。49天后洪水退去，人们上台发现这位道人已被饿死，死前还在石壁上刻下"成化十八年河水至此"字样（现存于台右下方的石壁上）。为了纪念这位勤劳善良、热心为百姓效力的道人，人们将他的尸骨用黄泥封裹塑像，称为"包骨像"。

白龙济世

——北崦山白龙降雨救民的神话

话说有一年从春到冬，阳城芦苇河河畔没降一滴雨雪，不说地里已经看不到一棵庄稼，就是人畜吃水都成了大难题。

崦山旁边的刘村一个叫许福的农人怀着最后一丝希望，到山上的白龙祠求雨。他在白龙爷像前虔诚地磕头祷告完毕，从东门出来，忽然看到一条白蛇，"赤睛玄吻，缟色花纹"，跑过来在他的脚下停住，"盘屈不动"，一边摩拭着他的脚踝，一边抬起头来看着他，似乎想向他说什么。

许福心中十分惊恐，急忙双手合十，低下头战战兢兢地祷告说："神通广大的白龙爷啊，求您老人家别这样生气，刚才我向您说的都是实情，没有半句假话啊……"白蛇似乎听懂了他的话，转身进了东门。许福身不由己地跟着它又进了门里，看到白蛇下了前面的舞厅就突然不见了。正在惊奇，忽然头顶雷声大作，紧接着大雨倾盆而至。时间不长，地上的积水竟然淹没了脚面……

这是崦山白龙于金明昌三年（1192）第一次显圣降雨的情景，记载在白龙祠内金泰和二年（1202）的碑刻上。这座"能吸风云兴瀚海，偏敷霖雨惠苍生"的白龙祠就在阳城县城北21千米处的崦山上，千百年来香火不断。

地处芦苇河畔町店镇最北端的崦山翠柏环绕，郁郁葱葱，俗称"柏海"，白蛇奇多。无论是庙院墙根、神像身上，还是大小柏树、道路两旁，随处可见，且"性情温顺，与人为友"。每到清明前后，白露之前，成群结队，蔚为壮观。

白龙祠就坐落在崦山东南侧的山肩上，"东据岩峰，西引白崖；析

崦山白龙祠

城山以具南瞻，仙翁岭接为北镇"。整个庙宇占地7500平方米，建筑面积达17500平方米。主体建筑白龙显圣王殿，始建于唐武后长寿壬辰（692）年，金泰和二年（1202）进行了第二次修建，此后，在元大德元年（1297），明成化十四年（1478），清康熙五十六年（1717），清宣统元年（1909），又进行了四次大规模重建。在正殿不断重建的七百多年间，先后又重修增修了山门、牌楼、戏楼、拜殿、后宫、望雨楼、乐观亭、八卦龙亭、关帝庙、小池等配套建筑，其中乾隆六年（1741）的修缮规模尤为巨大，最终形成了现在的因山就势、设计精巧、结构独特、肃穆庄严的建筑风格。

白龙祠不但规模宏大，建筑精美，而且因白龙常常"显灵"，多次受到历代朝廷的敕封，赢得当地民众的敬仰。据碑文记载和民间传说，小白龙"变化无穷，隐显莫测，或示真形，或托白兔，或化素蟒，大则长数丈，小则盈尺寸，兴云致雨，旱祷则应，为一方福地，此延祠奉祀之始也"。

因为崌山小白龙十分"灵验"，唐中宗复位后，改元"神龙"，并封其为"应圣侯"。唐昭宗时，它被晋封为"普济王"。后周太祖显德元年（954），白龙真形现于白崖，其时"云势冥合，风声怒起，暴雨倾注"。宋太宗太平兴国三年（978），白龙又于池亭现形，"长数十丈，飞腾而去"。朝廷闻之，加封白龙为"显圣王"。至明洪武三年（1370），"上感其灵验，遂封为崌山白龙潭之神"，并敕"有司每岁四月初三备牲礼致祭"，小白龙被人们奉为"灵雨正神"，位置仅次于析城山的成汤大帝。

崌山一带百姓世代相传，白龙祠里的这位主司天雨的白龙爷是附近刘村外甥，所以古时在这里流传着一种特别的祈雨习俗：每当大旱之年，周围数百里的村庄各自组织队伍去白龙祠祈雨时，一条巨蟒悬挂祠门之外，谁也不敢抢先入内。只有刘村队伍到达，放过24声礼

记事石碑

炮，巨蟒就悄然退内，刘村队伍首先入内，其余各村队伍才能依次入内，抽签祈雨。刘村可任意抽签数回，直到抽得清风细雨为止，其余各村只准抽签一次，否则将被罚猪羊各一只，还得唱一台戏。老人们说，在某次祈雨时，有个村不服刘村优先这个规矩，强行抢先入内，顿时晴天变阴，乌云翻滚，飞沙走石，风掀轿顶，冰雹从天而降，直打其队伍人头。自此之后，再无人敢随便逾矩。

祠碑记载，明天启年间，沁河边有一户四代单传的郭姓人家，到郭如实这一代，夫妻结婚二十多年，年过四十喜得贵子，全家欣喜。待儿子长大成人，就四处千挑万选给儿子找媳妇，张罗着给儿子办了婚事，只待媳贤子孝，安享天伦之乐。没有想到事与愿违，儿媳凶神恶煞，百般刁难，把二老推进了苦不堪言的深渊。老实巴交的儿子整天走村串巷卖箩和簸箕，二老忙里忙外如牛负重，儿媳不但好吃懒做，而且对二老摔盘子瞪眼，不是打就是骂。

在一个寒冷的冬天，年迈的婆婆端来一盆水，准备给儿媳洗脚。哪知，儿媳嫌水凉，一脚把婆婆踹倒在地上，并破口大骂："老不死的，这么凉的水能洗脚？你是不是成心想把老娘冻死啊！你这个坏良心的老不死，试试这水凉不凉。"端起盆把水泼到了老人身上。

老公公郭如实听到儿媳的骂声，赶来给儿媳赔不是。儿媳更是恶语相加，出言不逊："老不死的，见你儿子不在，想讨我的便宜是不是？来吧，老娘正嫌一个人闷得慌呢！"郭如实扶起老伴出了门，浑身湿漉漉的婆婆顾不上换衣服，赶紧又端了一盆温水，跪在地上小心翼翼地给儿媳洗脚，擦干。然后，扶儿媳到床上，帮她脱下衣服，盖好被子，这才轻手轻脚离开。

老婆婆因儿媳泼水受凉，半夜发烧。老公公一夜没合眼，尽心侍候。天蒙蒙亮，就赶到伙房烧火做饭。谁知，儿媳看到做饭的不是婆婆是公公，跑到婆婆窗前大骂。老两口相互搀扶着来到灶间，跪在地上，虔诚而又无助地求老天爷睁眼看看，天下竟然还有如此不孝的儿媳妇。

世人赞语

白龙对这位忤逆儿媳早有耳闻，原指望她会随着年龄的增加而明白事理，进而改变态度孝顺公婆，哪想到这位恶媳执迷不悟，屡违常伦，根本没有悔改之意，顿时怒火丛生。腊月二十二小年将至，人们忙碌着备货过年。中午时分，朔风呼啸，天气阴冷，恶媳刚提着裤子从茅房出来，突然，被一条白色巨龙抓起，一命归天。

白龙惩恶扬善，人们更加敬佩，就在白龙祠外的老桧树下修建了一座小祠，内塑白龙当年抓恶媳的塑像，千古流传，至今犹存。

白龙爷在阳城的传说广泛，故事繁多，最有趣的是给润城上中下三庄送水的故事。据说，当年白龙爷进京讨封时，曾经得到天官王国光的帮助，一心想报答他。王国光是阳城润城上庄人，当时的三庄缺水，吃水要跑很远的路程，祖祖辈辈苦不堪言。白龙爷闻知，决定送水相报，并托梦给王国光，

千年桧树

龙抓恶媳

让他转告三庄之人准备迎水。上庄和下庄人得知，清水扫地，黄土铺路，还准备了八音会，鞭炮祭品更不在话下。唯独中庄人想，自古水从高处往低流，上庄有了水，总不能隔着中庄流到下庄吧。因此无动于衷，准备讨个大便宜。到了迎水这天，上庄和下庄人举行隆重仪式，来到白龙托梦的清泉边迎来了喷涌而出的圣水，哗哗流到中庄时突然不见了踪影，临近下庄时才从地下冒出来，经过下庄流到了庄河口汇入樊河。上庄下庄有了水，唯独中庄仍缺水，只好下雨吃雨水，下雪吃雪水，没雨没雪时，村西头的人跑到上庄去担水，村东头的人赶到下庄去挑水。当时民间就流传这样一首民谣：上庄接水上庄有，下庄接水下庄流。中庄不接水飞走，无雨无雪跑两头。

现在的白龙祠坐北朝南，共三进院落，面积庞大，保存完好。殿宇高大威武，气势恢宏；"望雨楼"一楼凸起，造型奇特，登楼观望，风光尽收；"八卦池"斗拱相连，龙湫清泉；老桧树神葡相缠，古壁画故事连篇。特别是悬挂在第二道山门和献殿上的"普济众生""风调雨顺"牌匾，表达了千百年来人们对小白龙功德的赞赏和对美好生活的祈愿。

仙翁救民

——道教灵宝派祖师葛玄在阳城救民成仙的神话

　　三国时的一个夏日，红日当头，如火炙烤，头顶破旧草帽，身着青布长袍，背后一口宝剑，手拿一柄拂尘，颌下长髯飘飘，一身仙风道骨的葛玄葛天师，云游到阳城县北、沁河之南的一座大山时，不禁被眼前的景象惊呆了——这里正遭受数年不遇的大旱，地里的庄稼全部枯死，人们只好挖草根剥树皮借以充饥，一个个面黄肌瘦，一家家流离失所，甚至发生了易子而食的现象。

　　目睹此情，葛天师善心大发，当即登上山顶，设坛作法，开始祈雨。他念过咒语，烧过神符，把手中的拂尘向天一指，就见刚刚还是艳阳高照的天上，突然乌云滚滚，狂风四起，飞沙走石，不一会儿大雨倾盆而至，久旱干裂的土地顿时腾起一阵阵尘雾，被干旱折腾得已经奄奄一息的百姓纷纷跑出家门，赤足起舞，鼓盆而歌。一场旷日已久的大旱，因为这个道士的出现而烟消云散。

这座大山，就是后来百姓用葛玄"葛仙翁"名号命名的"仙翁山"。

葛玄（164—244），字孝先，丹阳句容（今属江苏）人。高祖庐为汉骠骑大将军，封下邳侯，父德儒历大鸿胪登尚书，素奉道法。故葛玄出身宦族名门。他自幼好学，博览五经，十五六岁时就名震江左。性喜老庄之说，不愿仕进。《抱朴子·金丹篇》称，他曾从左慈学道，受《太清丹经》《九鼎丹经》《金液丹经》等炼丹经书，于阁皂山（今江西省宜春市境内）修道。为了成仙炼丹，他进行了大量的实验，还开创了医药中矿石入药的先河。这个葛玄很不简单，年十八九，便渐成仙道，后被道家尊崇为"太极仙翁"。他一生周游全国，先后到过二十二处名山，欲觅修炼金丹之地，以"欲地仙，当立三百善；欲天仙，立千二百善"为修道准则；以"救人危难，使人免祸，护人疾病，令不枉死"为行医准则，"博极医源"，涉猎群书，"精勤不倦"，潜心研究古人的医术。他广搜民间单方、验方，跋山涉水寻觅良药。他还打破道家保密医术的陋习，撰写医书传世。他把收集的药方用石碑刻在驿路村道上，让

祖师庙遗址

人抄回去使用。他高尚的医德和精湛的医术及救人危难的故事，在老百姓中代代传颂。

　　大雨过后，行走山上，葛玄发现这座大山面向芦河，背靠沁水，左面黑龙护卫，右面黑虎相拱，山中林木繁茂，岩石参差，气象万千，药材遍野，是一块难得的修炼之地，于是就决定在这里栖身修炼。他在山顶搭了一间茅屋，开始炼丹。后来他发现这里的人们生活贫困，疾病流行，无法医治，特别是许多儿童早早丢了性命，很是痛心。他是一位医生，治病救人本是分内之事，加上又发现山上有许多中草药，就一面炼丹修仙，一面采药看病，手到病除，闻名四方。

一天，一位妇女抱着已经高烧昏迷的孩子前来求医，别的医生都说孩子已经没救了，她哭着求葛仙人无论如何也要救活她的孩子，不然她也没法活了。葛玄望闻问切，沉着地告诉她不要着急。他拿过孩子的左手，就在合谷和三关穴位开始推拿，一边推一边念念有词，还不时地向推拿之处吐一口唾沫。不一会儿，孩子脸上的潮红渐褪，轻轻地一声咳嗽，缓缓睁开了眼睛……孩子终于得救了，他又给农妇几贴已经配制好的药沫，让她按吩咐服下，不过几日，定然完全康复。

　　后来有一天，前来求医的百姓突然发现，不知其岁几何的葛天师站在山顶最高处，他白眉白须，持一柄拂尘，仙风道骨的样子。见百姓前

仙翁山

仙翁救民

来，缓缓开口说："我已修炼成仙，今日就要离去，尔等日后求医，可在山顶求拜，自会灵验。"

语毕，一白鹤突然从天而降，在他身边稳稳落下，葛天师抬步跨过，端坐鹤背，白鹤轻舒双翅，渐入云天，眨眼消失在众人视野。人们纷纷跪地朝天而拜，后来周围百姓捐资，修起了这座祖师庙，庙里供奉的就是这位仙风道骨的葛天师。这座本来默默无闻、海拔只有1151.5米的小山，因葛天师曾经在此修炼仙术、救民于难，并且在此驾鹤仙去，从此得名"仙翁山"，声名大振，千百年来香火不断，与析城山、云蒙山、小尖山齐名。

仙翁山又叫"七星庙"，山上原来共有7座庙，以北斗七星的方式排列。在"勺头"和"勺柄"的连接处，也就是山顶最高处坐落的是祖师庙，坐北向南，南北长约50米，东西宽约30米，分上下两院，上院的大殿里供奉的就是葛元大仙；下院是个戏院，正南为戏台，两厢是茶棚。"勺头"的第一庙是千佛殿，众多塑像神态各异，表情不

仙翁化仙处

一，令人叹为观止。"勺头"的另外两座庙就是灵官庙和黑虎庙。"勺柄"上的三座庙分布在南山坡上。七座庙，七位神仙，七种风格，七种造型，给了人们无数遐思和想象，组成了天下别具一格的庙宇建筑群。

仙翁山半山腰，有一块约30厘米长、15厘米厚的白沙石。它的正中，有一大四小5尊佛像，中间的大佛貌似如来佛祖，头上佛光四射，座下莲台高耸，双手合十，神态自然慈祥。在他的两边各有两尊站佛，双手合十于正胸，呈环状站姿，为沙石自然剥落形成，毫无人工雕凿的痕迹。当地人们认为这是上天降佛于人间，就在这块五佛石的前面建了一个小庙，把这块佛石供起来。如今小庙已经倒塌，脚下的石块砖瓦历历可见，佛像前还留着一个小小的石香炉，供人上香朝拜。

民国28年（1939），祖师庙遭到日军战火的摧残，变成一堆残砖败瓦，但仙翁山上丰富的中药材资源是毁之不尽的，葛天师独特的推拿手法也一代一代流传下来。加之这里的人们崇尚自然、热爱自然，千百年来，仙翁山万木苍翠，郁郁葱葱，风姿绰约，成为一处远近闻名的风景名胜。

仙女修行

——开明寺仙女除恶修行的神话

唐武德八年（625）三月的一天晚上，位于沁河岸边蜘蛛山下的开明寺住持慧明大师正在禅房入定打坐，忽然听到寺前泉声如涛，滚滚而来，心中顿时祥气荡漾，浑身舒畅，感到奇异，难道寺内有仙人要降临吗？

第二天一早，慧明大师赶紧来到泉前观看，只见泉内清水翻滚，上面紫气萦绕，更加证实了自己的判断。他命令僧众洒扫庭院，清理出一间禅堂，在香案上整整齐齐摆放好二十卷《摩诃止观》经卷，然后带领众僧列队山门，静等仙人临寺。众僧人不知住持发了哪门子神经，难道泉水一响就有仙人降临吗？但谁也不敢多言，都在等着看他的笑话。

此时，在距开明寺不远沁河上游岸边新建的泽州府城（现沁水县端氏镇）百花盛开，处处春光，商贾云集，人来人往，煞是热闹。

突然，人们惊奇地发现，城头上方缓缓飘来一朵白云，托着一个美丽的仙女，从天徐徐而降。只见她头上戴着缀满珍珠玛瑙的玉冠，身披五彩霞衣，明眸皓齿，纤纤玉手，天生丽质，光彩照人，人们禁不住啧啧称赞。

一群富家子弟见之，大喊一声，立即围上去。为首的"大门牙"涎流三尺，他才不管什么仙女不仙女，只要是美女能为己有，就是死也值了。当下上前强拉着仙女的手嬉皮笑脸地说："仙女莫走，我家有良田万顷，牛马无数，黄金上万，仆人过百，不如随我做了夫妻，共享这人间富贵，也不枉你青春美貌。"

仙女轻轻一拂，这个纨绔子弟便重重地跌倒在地，龇着牙叫起痛

开明寺

来。仙女沉着脸警告他说："哪里来的强徒，竟敢如此无理？实话告诉你，我乃天宫之仙，行走于星辰之间，呼吸阴阳二气，对蓬莱、昆仑那些神仙居住的地方我都不屑一顾，玉帝认为我高傲自大，一怒之下才将我贬到阳间，要我诵经念佛，修身养性，七日便当返回天宫。如再胆敢无礼，我绝不会饶恕！"

听了仙女的话，围观的人们纷纷指责那个纨绔子弟，"大门牙"仗着自己家大业大，与官府你来我往，关系密切，平时在这端氏城里欺男霸女，无恶不作，众人是敢怒不敢言。此时在众人面前败了兴，顿时恼羞成怒，站起来拍拍屁股狞笑着说："我不管你是天上的仙女，还是玉皇的女儿，反正栽到我手里你就是插翅难飞了。本大爷是宁在花下死，做鬼也风流。你还是乖乖地随我回府吧，不然……"他鼻子里重重地哼了一声，上前一把拽住了仙女的手就往前拉。

仙女大怒，蛾眉横竖，杏眼圆睁，声色俱厉地说："请你放开我的手，不然，我就不客气了！"

"大门牙"也毫不让步地说："好啊，我看你能把我怎样？"

仙女冷笑了一下："我本不想伤你，但你不知好歹，欺良霸善，不给你点颜色怕你是狗改不了吃屎，我让你今世瘫痪卧在床上，再不能行凶作恶。去吧！"轻轻一拂，纨绔子弟立即就如面条一样，软软地倒在地上，嘴里杀猪般地号叫着："哎呀，疼死我了……"和他同来的那群纨绔子弟上前一看，发现"大门牙"的双臂双腿好像被抽去骨头，松软无力，不能支撑。吓得他们面如土色，撇下"大门牙"，如惊弓之鸟四下逃窜，霎时不见了踪影。众人齐声叫好。

仙女告别众人，翩然前行。忽见一老者慈眉善目，鹤发童颜，持杖而来，于是上前道了一个万福，道："烦问老人家，我欲寻一清静名寺，诵经念佛，这泽州府可有名寺高僧？敬请指点。"

老者轻抚银须，抬手指点道："这洎水（沁河古称）南下十五六里，有一座形若蜘蛛的小山，山下有一座寺院，乃开明寺也，该寺建于前朝，盛于当今，现有浙江天台山国清寺智者大师的高徒慧明大师在此新建一藏经阁，藏有万卷经书，正是你修行的好去处。"

仙女谢过老者，来到河边，乘一叶扁舟沿洎水漂流而下。只见两岸桃红柳绿，河水淙淙，景色一新，不禁心生欢喜。时间不长，就看到岸边山中一寺，红墙碧瓦，如若仙境——开明寺到了。

上得岸来，慧明方丈早已率众僧在山门前迎候，众僧一见这位天仙临寺，更是惊得目瞪口呆。仙女也吃惊道："大师怎么知道我要来？"

慧明大师道："小寺有双泉，俗名叫做开明灵泉，先师相传与仙界相通。昨夜泉水如涛，阵阵祥音，今朝紫气缭绕，不同一般，想必有仙人驾临，故在此恭迎，贫僧已备好禅房，敬请仙姑入寺。"

仙女诵经堂

　　仙女闻言大喜，谢过慧明大师，稳步入寺，进得禅堂，自此闭门不出，专心诵经。

　　七日满，禅堂门开，仙女飘然而出，谢过慧明大师与众僧，来到开明寺前双泉边，躬身三拜。然后，合拢玉指，蹲下仙躯，轻轻捧起一掬泉水，含入口中，喷出一片五彩祥云，仙女随即化为一条白龙，乘云而去。

　　多年后，曾在泽州居住的陕西扶风人马孺子游于永州，将这件奇事告诉了永州司马柳宗元，柳宗元家居于与泽州相近的解州永济，曾为京官，因参与"永贞革新"而遭贬谪，心境正与贬谪的仙女相同。于是，他铺宣挥毫，写下了短小精悍、脍炙人口的《谪龙说》，使这个神奇的故事广为传播，故事里的开明寺就是今润城镇望川村边的开

仙女修行

明寺。

始建于隋开皇十四年（594）的千年古刹开明寺，不但建筑精美，充满传奇色彩，而且其寺名还与当时皇家年号存在着丝丝缕缕的关系。隋朝建立后，隋文帝精心治理国家，隋朝迅速强大繁荣起来，政权稳固、社会安定、人口增加、垦田速增、积蓄充盈、文化发展。隋文帝还是中国历史上第一个黄袍加身的皇帝，《读通鉴论》："开皇元年，隋主服黄，定黄为上服之尊，建为永制。"自隋文帝开始穿黄袍以后，从此历代皇帝都穿黄色的衣服了。他的年号定为"开皇"，意义颇深。后人一般将隋文帝的大治誉为"开皇之治"。为颂扬隋文帝的"开皇明治"之功，全国相继建起一批以"开明"命名的寺院，润城开明寺即为其中之一，也是山西省唯一的一座。

藏经楼

开明寺所处地带，前有沁河环绕，后有蛛山为靠，上有林木蓊郁，下有双泉通灵，"四山环绕，峻岭绝涧，中有平地一川，甘泉二眼，泓澄泛涌，清奇可爱"（《重修开明寺碑记》，以下引文皆出此碑文），风景秀丽，历代高僧纷纷慕名而来，四方游人更是络绎不绝。至明代，历经数百年风雨，殿宇倾颓。阳城县知县刘以文（湖北黄冈人）、税课局大使柴高、功德主马林及时任开明寺住持果香林等，"因道经斯地，恻然悯悼，慨然兴顾，各出俸资共助"，发起重修，从明正统十年（1445）四月开工，至景泰三年（1452）八月落成。经过修葺，金碧辉煌，飞阁凌空，"叩而睹焉，甍瓦栋榱桷，金碧辉煌，髦碧瓦之翚，飞绘朱栏之雕，翠巍巍乎！诸佛之宫秩乎！""灿烂岿然高耸于云山之间""与海会开福诸寺并称名胜"。它建筑布局特殊，是两个并列的四合院构成的主体建筑，坐北朝南。山门前有一条小路，路前有天王殿、待客厅、梳妆楼、双泉、小桥等。寺东有马房院、文殊阁和佛塔。西院是最早的开创基地。中央过厅罗汉堂，为明清建筑。东院的藏经楼为明代建筑。

　　开明寺的成名不仅因其优美的自然环境与精美的寺庙建筑，更因其悠久的历史和丰富的文化积淀。一千多年来，这里留下了许多碑碣，也留下了许多文人墨客的足迹，特别是唐代著名文学家柳宗元的《谪龙说》问世后，开明寺更是声名大振，寺僧多达数千人，四季香火旺盛。开明寺泉水更为甘甜，被众人传为可治愈百病的圣水，求水者络绎不绝。寺僧仿照天宫瑶池造八角天池一个，祈求仙子福泽于民。明万历初，刘鸿训（后为相国）、张慎言（后为太宰）、孙鼎相（后为尚书）、孙居相（后为中丞）四人曾同时读书寺中；清乾隆、嘉庆年间，著名布衣诗人张晋等人都曾来过开明寺，并留下了歌咏开明寺的诗篇；现代著名作家赵树理也曾在此读书写作，留下许多传世美谈。

　　如今，兴于隋盛于唐的开明寺虽久历风雨，却风韵犹存，寺内，仙女诵经的禅堂、藏经阁、八角天池尚存，当地政府正在千方百计筹资修复，相信不远的将来，千年古刹开明寺将会重放光明，再现辉煌！

二皇斗弈

——王莽、刘秀在阳城蟒河斗弈争夺天下的神话

阳城东南30千米的莽山地区，峰峦雄亘，千峰拥黛，万壑浮云。群山中有一峰，耸立在雄浑的山崖之上，四面如削，状如巨塔，恰似翘首望莽山雄姿奇景，人称"望莽孤峰"，为阳城古八景之一。孤峰之顶50多平方米，有一个约4平方米大的巨石，面平似桌，上面隐约有格，人称"棋盘"，两边各有一石块，似人坐之石凳。当地人称此孤峰为"棋盘山"，说这是当年王莽和刘秀在采用斗弈的方式，以胜负为赌注争夺天下留下的遗迹。

关于王莽和刘秀争夺天下的故事，还要从司马迁《史记·高祖本纪》说起。

据《史记》载，汉高祖刘邦在沛县做亭长的时候，为县里押送一批劳役去骊山修陵。途中大部分人都逃走了。刘邦自己度量，即使到了骊山，也会按罪被杀。走到丰县西的涸泽地带就停了下来，饮酒大醉，夜里干脆就把剩下的所有劳役都放了，并且对他们说："你

们都走吧，我从此也要逃跑了。"这些农民中愿意跟随刘邦的有十多个。刘邦带醉行走在丰西泽中，让一个农民在前面探路。这个人回来说："前面有一条大蛇挡路，我们还是回去吧。"刘邦趁着酒劲说："大丈夫独步天下，有什么害怕的！"于是走到前面拔剑将蛇斩断，蛇从正中间被分为两段。走了几里地，刘邦醉得倒下睡着了。队伍中走在后面的人来到斩蛇的地方，看见一个老太太在路边放声啼哭。问她为什么这样伤心，说："我儿子被人杀了，所以痛哭。"问她儿子为什么被杀，说："我儿子是白帝子，变成蛇横在路上，被赤帝子杀了，所以我很伤心。"人们以为她胡说八道，散布谣言，想打她，这个老太太突然不见了。后面的人赶到前面，刘邦才醒过来，人们向他报告了这一情况。

传说，当时刘邦听了下人汇报，这才想起，他在斩蛇前，白蛇说："你欠下的账总有一天要还的。你斩了我的头，我就篡你的头；斩我的尾，我就篡你的尾。"

醉酒中的刘邦不在乎白蛇这些话，一剑把白蛇从正中间斩为两段。但他没想到白蛇的话应验了，西汉传到平帝，

棋盘山

白蛇投胎化身为王莽，毒杀汉平帝，篡汉为新。

汉高祖刘邦的九世孙、汉景帝之子长沙定王刘发的后裔刘秀不服祖宗江山被王莽所篡，起兵开战，屡战屡胜。王莽见状，只好亲自带兵出战。除却兵马相对，真龙天子的刘秀和白蛇投胎的王莽利用各自身上的仙气相斗。年轻的刘秀法力自然稍逊于修炼了200年的白蛇化身王莽。于是，"王莽赶刘秀"的故事就诞生了。

这天，两人在云雾中斗了半天，不分胜负。刘秀落身于一座孤峰之上，王莽随之降下，见孤峰中有一个平台，酷似一方正棋盘，心中顿时有了主意，向紧张地站在石盘对面准备脱身的刘秀说："无论怎样争斗，天下终属一人。不如你我就在此以棋为兵马，对弈分胜负，胜者为王败者寇，你看如何？"

刘秀知道王莽是什么人，道："我自同意，怕你说话不算数。"

王莽道："举头三尺有神灵，谁不算数谁受惩。"

说罢，抽出宝剑，一阵挥舞，光滑平坦的石桌上棋盘显现。二人捡来黑白二色石子，对面坐下，开始对弈。

孤峰斗弈处

艳阳高照，山风轻吟，一局结束，刘秀棋高一筹，旗开得胜。他长长出了一口气，正要把紧张的心情舒缓一下，败局中的王莽突然闷吼一声，二话不说，抽出宝剑直刺过来。刘秀大吃一惊，起身躲开，王莽跨步扑来。刘秀知道这盘棋再努力也是白下，于是飞身离开孤峰，向南跑去，王莽随后紧紧追来。

正在飞奔，前面一山挡路，再无处躲。此时，王莽就要追上来了。危急之时，刘秀无奈，只得顺从天命。他抽出随身携带的宝剑向挡路的大山用力一劈，只听山崩地裂一声巨响，山峰中间竟然被劈开一道石缝，他才得以脱逃。

跑了一段，又被一高山险峰阻路。如用剑劈山，不能砍到实处。刘秀插回宝剑，张弓搭箭，以箭穿山，射出两个大窟窿。刘秀纵身上山，钻过窟窿，南下济源，脱离了险境。王莽望而长叹。后来，刘秀终于灭了王莽，恢复了汉室，建立了刘氏东汉王

窟窿山

铡刀缝

朝，进入光武中兴时代，正式拉开了东汉序幕。而东西汉恰巧各传了200余年……

历史自有长短，各随岁月流逝。但王莽与刘秀当年对弈争天下的斗争，却在人间留下了永久的遗迹：那座耸立莽山的孤峰，成为一座神秘的"棋盘山"，石盘之上线条分明，两边座石依旧，黑白棋子滚落在地，似乎在永久地等待着新的对弈者。刘秀用宝剑劈开的山峰，中间留下一条传世千古的"铡刀缝"，特别是用箭射出来的"窟窿山"，成为晋豫两省自古以来的自然通道，更是当年目睹王莽和刘秀激烈争斗的一双神奇的眼睛……

对于阳城旧八景之一的"望莽孤峰"棋盘山，清代诗人杨伯朋有诗赞曰：

> 遥从天际望晴空，苍茫孤峰气概雄。
>
> 远岫周遭如列帐，小山旋绕合为宫。
>
> 全无依傍超群垤，时有烟云在下风。
>
> 为问高标谁是伴？老松冬岭正青葱。

灵猴开洞

——孙悟空劫难之时拔毛下界后代开天洞的神话

在阳城县东冶镇西南部，距镇政府所在地9千米处，有一个村形犹如长枪的村庄——枪杆村。村西约十华里，与国家AAAA级景区蟒河仅一岭相隔的围坡汕岭中间，有一个面积不大的山洞，上下左右林木遮盖，荆棘丛生，不见天日。洞口约半人高，洞里呈椭圆形，高约1.3米，地面约20平方米，顶部四壁犬牙交错，钟乳横生，石壁上石缝密密匝匝，似图形文字，仿佛看不懂的天书。山洞正顶有一圆形口，上面树木遮盖，天光透进。白天，外面看不到洞的痕迹，里面却光线充足，不闻风声。当地人称为"没天洞"。

没天洞西面紧靠的就是老正圪堆山岭。其山顶正中之密林深处，有一处面积庞大的石头阵。此石阵分布无序，造型奇特，有的如佛坐禅，神态端庄；有的似蛤蟆望天，仰头向上；有的如神兽出行，成双成对；

没天洞所在的围坡迤岭

有的如乌龟巡山，横路而行；有的如卧虎歇道，不怒自威；有的如天书相砌，图文并茂；有的像天神降临，唯我独尊……千姿百态，惟妙惟肖，应有尽有，数不胜数。石阵之中窄路穿行，看似杂乱无章，其实有道可循。各种树木夹生其中，构成了一种山、石、树、路相交势，妙趣横生。当地人称之为"神石阵"。它与山下的"没天洞"两处世间罕见的景观，还有一个神话传说。

当年，孙悟空大闹天宫被抓住之后，玉帝用尽办法都杀不死他。最后，只好把他关进了太上老君的八卦炉中进行烤炼，企图烧死他。八卦炉内有四大天火之一的六丁神火，可以炼制各种丹药、武器和法宝。《西游记》中大部分顶级装备，比如九齿钉耙和紫金铃等，都出自八卦炉。况且，为了烧死孙悟空，太上老君还用了自己特有的三昧真火。所以，当时在八卦炉中的孙悟空心里也没底，生怕自己被太上老君这八卦炉炼成一把灰。于是，情急之下匆忙从自己脑后拔下一根猴毛，含在舌下，身上其他猴毛，都被太上老君的三昧真火烧了个精光。

在八卦炉中炼了七七四十九天，太上老君确信孙悟空已被烧成灰烬，就命令仙童打开八卦炉。谁知，聪明的孙悟空却躲藏在风口，不但没被烧死，反倒炼出了一双火眼金睛。童子打开炉时，早有准备的孙悟空在跳出炉子的同时，飞快地从舌下取出那一根猴毛，随手抛向下界。同时，恼羞成怒的他回身一脚，踢翻了还在熊熊燃烧的八卦炉。顿时，八卦炉化成万千碎片，如天女散花般四下飞溅，大部分落到了新疆吐鲁番地区，形成了巨大而有名的火焰山。只有少量碎片飞落在阳城县东胜神洲现枪杆村西部的老正圪堆山岭上。由于这些神物来自上界，具有灵性，落地冷却后，没有形成一般石头，而是形成了它们所见到过的各种动物奇石，并自列成阵，目的是想重新引起上天的注意，等待主人太上老君能够找到自己，能够重归天庭。但是它们万万没有想到，只此一劫，便成永生。从此，自身永远留在了下界，无意中形成一处绝妙的人间乐园，后世称为"神石阵"。自李唐以来，晋豫两省周边来此地观光和顶礼膜拜的人络绎不绝。

再说孙悟空拔下的那根猴毛，一出天庭就随着破碎的老君炉碎

没天洞外景

片，飘飘悠悠落到了老正圪堆岭。在即将落地之时化作一只神猴，为躲过八卦炉碎片砸死的危险，神猴奋力向前一冲，躲过灭顶之灾，在山岭东南处落下，"轰"的一声，在半坡之上砸出一个深坑，落到了坑中。

猛然一撞，神猴的头都懵了。它使劲挣扎着想跳出来，但越折腾越懵。为了保住小命，它使出天生神力，手舞足蹈，全身旋转，落身之处土石飞溅，逐渐形成一个深坑地洞。但神猴没想到，自己落身之处就在山坡边缘，已经松懈的石壁哪里经得住它这番天翻地覆的折腾？只听"哗啦"一声惊天动地的巨响，边缘石壁出现了一个半人高的小口，同时也惊醒了神猴。它停下身来四下一看，无论上口还是侧口，都是坡陡壁立，荆棘疯长，树木密集，从里往外看一清二楚，从外往里看，不见洞痕，成为一座天设地造的洞府，神猴顿时心花怒放，从此在洞里安下身来。

神猴是孙悟空头上的一根神毛，尽管也是神通广大，却与母体孙悟

没天洞内景

空的神力相差很大，不能察知上天的事，脑子里只记得母体赋予自己繁衍后代的使命。但是，自己孤身一猴，怎么才能圆满完成这个重大任务？神猴十分苦恼，只得暂时隐身生存下来，寻找机会。

再说孙悟空被西天如来佛祖压到五行山下后，天长日久，身子也恢复了正常，猴毛重新长满了全身。有一天，在五行山下栖身的他，遥遥望着天上成双成对飞过的鸟儿，突然想起自己临出太上老君八卦炉时拔下的那根猴毛，现今不知落到了何地。如果像自己这样孤零零的，岂不更加凄苦？当年在花果山的那些猴子，自从自己落难后，早被天兵天将灭了个一干二净。万一自己以后有了出头之日，连个后代也没有，那活着还有什么意思？

想到这里，闲来无事的孙悟空又从脑后拔下一根猴毛，暗念咒语，让它化作一只母猴，想让它能随风找到前面那根猴毛在下界所化身的公猴，一公一母，结成一对，繁衍后代。这根猴毛果如所愿，飞到枪杆村围坡凼的这个山洞里，找到了在这里居住的公猴。于是，两只神猴在洞中成家立业，开始繁衍后代。它们想给这个洞府起个像水帘洞一样既响亮也浪漫的名字，但想来想去也想不出合适的。

这天，神猴夫妻在洞里待着，突然想起了自己的祖宗孙悟空"齐天大圣"的名号，举头望着洞顶那个被树木和荆棘杂草遮挡得严严实实，看不到苍天的洞口，顿时灵机一动，"没天洞"三个字浮现出来。"齐天"是与天高，"没天"就是没有上天，既响亮，又气魄。就这样，"没天洞"的大名正式问世。

两只猴子在这里时间不长，就繁衍出许多后代。因与之相隔的山那边的蟒河一带河多水大，山高沟深，食物丰富，于是就率全家迁居蟒河。所以，如今蟒河地区所有的猕猴，都是当年齐天大圣孙悟空的后代。它们代代繁衍，生生不息，适应性强，聪明伶俐，与它们的祖宗孙悟空的血脉和神力是分不开的。但无论怎样，与蟒河仅一岭之隔的枪杆村围坡汕的"没天洞",才是它们的发源之地。

宋初,当地人石将军带王爷郑子明的尸体从开封回来时,就曾在这个洞中待过,因面积太小,不宜长久居住,这才西行上了老正圪堆。后来,这里就成了当地百姓躲避兵匪战乱的秘密藏身之处。

玄武修真

——玄武大帝在修真古洞除妖修炼成真的神话

阳城县城西南32千米处的董封乡上河村北，有一座因山壁有许多天然古洞而得名的窟窿山。在半山腰，有一座千米深洞，名曰"修真古洞"。洞口被参差不齐的树丛所掩映，恰似一个天台屏风。身临洞口，一股清爽怡人的仙气从里面扑面而来，使人心旷神怡，劳乏顿消。洞的左侧有两块石碑，一块是明万历八年时任吏部尚书，被人称为"天官"的阳城籍人士王国光游览古洞时的诗碑，一块是清乾隆十三年重修洞口祖师殿碑记。进入洞中，宽窄无常，高低莫测。窄处、低处仅数米，宽处、高处用手电光照不到边，真可谓阔若宏宇。洞内钟乳石琳琅满目，比比皆是，千姿百态，巧夺天工。有一块宽敞开阔之地，名曰"故事场"，意为仙人与众人围坐一起讲故事而得名。壁高处有"锣鼓台"，投石击之似有锣鼓之声。过了"故事场"，两根笔直的圆柱顶天立地，柱子上的各种花纹，

修真洞外景

五彩斑斓，故称"通天柱"。神佛鸟兽造型各异，仿佛神工巧匠精雕细刻而成。有观音菩萨坐莲花、张果老骑毛驴、唐僧取经、鲤鱼跳龙门、双龟喊天等奇景，还有石狮、石虎、石马等多种动物，千奇百怪，栩栩如生，云浪滚滚，星光闪闪，奇景繁多，比比皆是。右侧一柱，唯见底座与上半截，中间一段似天斧砍去。自"通天柱"中间上去，靠左侧洞壁上有一块光滑得像蜡打过的石床，古人称"仙人床"。床长丈余，宽约八尺。如能略坐片刻小憩，便可享仙人之乐，正像王国光诗中描述的"石床如洗仙何处，钟乳若饴客更留"，无形中自有飘飘欲仙之感。壁上是一个连一个、造型各异、千奇百怪的钟乳石雕，使人目不暇接。再往后洞走去，渐渐变窄，最后的洞壁上仅有数十公分宽的石缝，人不得入。将耳朵贴在石缝上静听，便会听到呼呼呼、哗哗哗的声音。有人说是水声，有人说是风声，还有人说是美妙的音乐声。不管什么声音，古往今来，经年不息。洞内各式各样的石狮、石龙、石蛙、石象等造型千姿百态，融奇、险、秀为一体，巧夺天工，美不胜收，令人目不暇接。为阳城县境内古八景之一。

修真古洞的来历，须从真武大帝说起。

真武大帝，又称玄天上帝、佑圣真君、玄武大帝等，亦称荡魔天尊、报恩祖师、披发祖师等，为道教神仙中赫赫有名的尊神。他原是净乐国王的儿子，生来十分聪颖。七岁诵经，十岁古籍典册了然于胸，天文地理无所不通。他身材魁梧，武艺高强，人人都称他是将来的好国王。可是他偏偏不肯继承王位，反而求师学道，刻苦修炼，发誓要化解人间灾难，救护天下苍生。在武当山十年修炼成功后，玉皇大帝专门赐予其一把镇灾宝剑，不时腾云驾雾，行游天下，灭灾解难，救护众生。

有一年，一群火妖在云蒙山作怪，因云蒙山云雾缭绕，时雨阵阵，无法施展妖术，便滚出云蒙山，到了不远的一座山上。看到此山旱得树

故事场

仙人床

仙人像

神针

叶枯黄，山坡百草干枯，地里庄稼旱死，不禁得意洋洋。立即扇阴风、点鬼火，今天烧光一片，明天又烧一片，害得百姓无柴草、无粮菜、无平安，哭天喊地，叫苦连天。

真武得知后，十分气愤。心急如焚的他来不及更换黑衣，梳理披发，立即手持赈灾宝剑赶来。他怕火妖发现，先举起宝剑在山腰捅了一个大洞躲进去。然后，发现哪里出现火妖，就向哪里捅一神剑。一天时间就把火妖全捅死杀光了，又挥舞神剑灭尽了山火。真武清楚，消灭了火妖鬼怪和火灾，这里的旱灾还未解除，救护众生的任务还没有完成。随即返回武当山，向师父请教施雨法，讨要了数百种树木花草种子，在此山播撒后，口诵施雨法经，霎时喜雨落地草木生。真武在此洞中修炼，最后终于羽化成仙。

记事碑

　　从此，人们把捅杀火妖魔留下的大大小小的山，叫窟窿山。把其藏身修炼之洞叫"修真古洞"。八仙未过海时，得知这一神圣消息的吕洞宾、张果老、何仙姑等也来此神洞修炼，全部修成正果。所以，此古洞又被人称作"仙人洞"。数百年来，修真古洞深受达官贵人、文人墨客青睐。

魏征斩龙

——人曹官魏征梦中在析城山圣王坪斩杀黑龙的神话

析城山位于山西省晋城市阳城县西南部30千米处，方圆20平方千米，在250万年前形成了典型的喀斯特地貌。主峰为圣王坪，海拔1889.5米，与著名的中条山舜王坪东西相望，故又称东坪。主峰四面如城，中间凹陷如盆，有东、西、南、北四门，又曰析城。析城山山明水秀，处处胜景。圣王坪上花草繁盛，特别是具有三百六十个独龙窝，四十六盘龙推磨。还有悬龙柱、斩龙台，神圣尊严，形象独特。相传，这里就是当年名列大唐"凌烟阁二十四功臣"第四位名臣、时任丞相的魏征奉天命斩杀违反天条的黑龙留下的遗迹。

天坛山下的沁河有一位黑龙王，掌管着天宫雨簿。玉皇大帝安排好一年内的兴风落

圣王坪

黑龙洞

雨、雷鸣闪电、生云布雾、降霜下雪的起止时间、分布区域、风势大小、雨量多少、雷声轻重、霜雪多寡之后，交于沁河黑龙王照章执行。黑龙坚守岗位，遵旨办理，该风则风，该雨则雨，该兴便兴，该罢便罢，天下风调雨顺，五谷丰登，囤满仓盈，民心欢悦。

一日，沁河黑龙王闲暇之际出外游玩，路遇太上老君。太上老君就是道教始祖老子。老子精天文、懂地理、会算卦、通五行。两位天仙自然相识，正在互打招呼，这时，前边走来一人，太上老君指着路中间的一块大石头说："此人定从石头左边过来。"沁河黑龙心里有点不服，冷笑着说："此人必从石头右边走来。"太上老君"哼"了一声，"你我总有一个是错的。到底谁对谁错，马上就见分晓。"黑龙也不客气地说："你我总有一个是对的，即刻便知胜负。"

太上老君暗思：我算卦之灵，众所周知，难道会输给沁河小龙不成？

黑龙也在思忖：我算卦打赌，从来是只赢不输，绝不会败给太上老君。

两人眼皮都不眨一下，紧盯着前方。来者越走越近，是一年迈老翁，他头顶光秃，两鬓雪白，一尺多长的胡子如银丝一般在胸前飘摆。行至石头跟前，他既不左拐，也不右拐，而是两腿叉开一跃，跳过石头走过来。黑龙目瞪口呆，太上老君暗吃一惊。太上老君附着黑龙耳朵说："此人能破你我卦阵，绝非等闲之辈，不妨询问一番，也好交个朋友。"这个老翁似乎已经知道他们的心思，笑了一下，心里想，今日叫你两人都败不胜，都低不高，免得纠缠不清。

太上老君抱拳施礼上前问话："请教过路老翁，你如此年迈，为何跨石而行？"

老翁说："我和你俩是同行，也是能掐会算之人。"

黑龙嘿嘿一笑，抢着问老翁："你自吹你能掐会算，那请你算一算，最近，哪天有雨，哪时有雨？是清风细雨，还是疾风骤雨？雨降几个时

独龙窝

辰，何时风息雨止？"

老翁知其来意不善，紧闭双目，掐指一算说："明天有雨，巳时生风，午时落雨，未时停息。清风伴细雨，布泽两时辰，雨停云不散，无雨半天阴。"

黑龙一一记在心上，而后十分严肃地说："老翁年长，口无戏言，如要有一丝一毫的差错，我必砸了你的卦摊。"

老翁笑曰："老夫历经沧桑，说一不二，从无戏言。如果我算得一丝一毫不差，就斩了你的头颅示众。"

黑龙点点头说："一言为定，绝不反悔！"

太上老君向老翁点点头，向黑龙笑了笑，似乎已经知道了事情的结果，知天命难违，抽身踏云而去。

沁河黑龙匆匆返回，将老翁所算情况与雨簿一一对照，无一差错，心里既惊奇，又惧怕身败名裂，特别是自己如果不遵天命，定然斩头受惩。但到底怎样才能既不违命，又争脸面？急得抓头挠耳、里旋外转，也想不出一个好主意。万般无奈之时，抓起天宫雨簿又细细看了一下，猛然生出一条诡计：天宫雨簿在我手中执掌，干脆将明天兴风降雨之时推前挪后稍稍改动一番，输赢不就颠倒过来了？

于是，他挥起朱笔，将巳时兴风改为辰时兴风，将午时落雨改为未时落雨，将未时停雨改为申时停雨，将清风细雨改为暴风骤雨。如此一改，风刮得天昏地暗，树倒房塌，山洪暴发，田地被淹。

见此天象，那个老翁摇头叹曰："沁河黑龙如此狠毒，为一己输赢，竟敢目无玉皇，私改雨簿，让百姓遭殃，实是可恶！"

雨过天晴之后，沁河黑龙兴冲冲地跑去老翁那里算账。老翁毫不动怒，拉住沁河黑龙的手说："我算得分厘丝毫不差，只是有人心气不服，自作聪明，私改雨簿，触犯天条，还要蛮不讲理，反咬一口，责怪别人不是，真是丧尽天良！此徇私舞弊之事惹得玉皇大帝震怒，已经颁旨降罪下来，命神明日午时捉拿改雨簿之人，由人曹官魏征问斩。"

黑龙一听，吓得浑身打颤，面如土色。魏征是谁？不但是当朝丞相，还是主管人间事务的人官，天庭在人世间的使者，谁敢随便招惹？眼前老翁虽然精通八卦，能掐会算，但玉皇大帝主管的天庭，不是他能通融关系的。怎么办？难道就是为了和太上老君争辩一下，要个面子，难道就这样把自己的命丢了？不行，看来不管怎样，只有去求太上老

捆龙柱

君了。

听黑龙一说，太上老君长长叹了一口气："本来相戏一言，谁知你弄假成真？既然违反天条，恐怕性命难保。你真要性命，也只能马上去求太宗皇帝。那魏征是唐王驾下丞相，若是讨他个人情，也许能保无事。"

黑龙闻言，拜辞含泪而去。

当夜子时一过，黑龙飞身进入长安皇宫。此时，唐太宗刚刚入睡，梦中忽然看到一人穿门而入，跪倒在御榻之前，声声求救。太宗不知此为何人，所求何事。黑龙不敢虚言，从实告知。哀求道："陛下是真龙，臣是业龙。臣因违反了天条，由陛下贤臣人曹官魏征处斩。特来拜求，望陛下救我一救。"

太宗曰："既是魏征处斩，朕可以救你。"黑龙心中大喜，叩谢而去。

唐太宗梦醒后，念念在心。既然已经应承救黑龙，那就要不负他

斩龙台

望，准备第二天一上朝就和魏征言说此事，相信他不敢不听圣旨。谁知第二天早朝，群臣皆在，独独不见魏征上朝，派人传言家中有事。唐太宗就向英国公徐世勣询问计策。徐世勣说："此梦告准。陛下须召魏征来朝，不要放他出门。今日一过，可救梦中之龙。"唐太宗大喜，立即下旨召魏征入朝。

作为当朝丞相，魏征不是不早朝，而是于昨夜接到天差仙使送来的玉帝金旨，着他午时三刻，梦斩沁河黑龙。此时的他正在府中试慧剑，运元神。接到圣旨，又不敢违反皇命，急急入朝。唐太宗让别的大臣退朝，独独将他留下，商议国事。

再说沁河黑龙，虽然自己入宫梦中求太宗皇上救命，但躲不过天兵天将追击。他不知自己到底能不能躲过此劫，当下只是先逃命为主。于是，长嚎一声，现出原形，飞出沁河，腾云驾雾，直上析城山圣王坪。圣王坪一望无边，平如石磙碾过，芳草萋萋，红花点点，像是一块美丽的地毯。被追撵的沁河黑龙在圣王坪上东跑西窜，左躲右闪，无可奈何，想钻入内。可是他钻进去就被天兵天将赶出来，跑一段再钻进去，又被赶出来，这样钻了三百六十回，在圣王坪留下了三百六十个旋涡。接着，天兵天将紧紧抓住黑龙的尾巴，黑龙像转磨道一样，又挣扎着旋转了四十六个圈，旋得平地隆起形成了四十六盘龙推磨。最后，在圣王坪的南端将其捉住，高高悬挂在石柱之上，等人曹官魏征前来监斩。

此时，已经午时。唐太宗没有让魏征出宫，而是让宫中备了佳肴，两人正在对弈。快到午时三刻，一盘残局未终，魏征忽然伏在案边，昏昏欲睡。太宗见他睡着，人又没有离开，更是放心。但他不知，入睡中的魏征，梦中就出了皇宫，越过黄河，飞过中条，来到了太行、王屋、中条三山相会的析城山上，传旨下令，在斩龙台上斩杀了违反天条的黑龙，完成了自己的使命……

沁河黑龙被斩杀后，尸首压在析城山下。但不管怎样，圣王坪上因为这起事件留下的遗迹却永远存在：三百六十个独龙窝，窝窝相连；四十六盘龙推磨，魔道依旧；捆龙柱高耸向天，斩龙台神圣无言……

凤凰游仙

——阳城县芹池镇游仙村的游仙神话

凤凰，是中国古代神话传说中的一对鸟类神兽组合，有雌雄之别，雄为"凤"，雌为"凰"，合称为"凤凰"。游仙，指漫游仙界，或凡人游历神仙境地，或四处游走的神仙。在阳城县城西北五十华里的地方，有一个不大的山村，原先叫"凤凰"，后更名为"游仙"，这里流传着一个神奇的神话。

很早时，这个无名小村住着百来户人家。村的四周，是高高低低的馒头形小山，村子居中。其西南面有一条起伏绵延的土山梁，上面青草茂盛，春夏蓁荣，秋冬不枯，是村民放牧的一块宝地。一日，晴空万里，风和日丽。正午时分，忽然一声巨响，震耳欲聋，一只金凤凰从中跳出，腾空而起，展翅飞去。裂开的山梁又聚拢起来，留下了一条无法拢合的陷山缝。从此，这个自古无名的山村，便有了"凤凰村"的大名。

游仙村

目睹此情此景，凤凰村的人认为，这是老天造化的吉祥圣地。如果凤凰飞走，再不归来，必定坏了这里的风水脉气。于是，他们纷纷捐钱建庙，希望得到神灵的保佑。从村南的西洼沟口开始，一直到骆驼圪嘴的东坡顶，一连修了好几座庙：前庙、后庙，上庙、下庙，大庙、小庙。庙里修了大大小小的殿堂，塑了各种各样的神像。还在庙与庙之间架起了东西两座青石小桥，修了南北两条平坦的小路。同时，又在飞走凤凰的南崖修了一座五角形的、东拐西弯转着上楼的"天仙神宫"。

这些庙宇、神宫建成后，出现了人们意想不到的奇迹。

当夜深人静时，全村人都可以听到从南崖神宫传来的"铛铛铛"的钟声，好几个庙里都有说话的声音：

"大仙，你到我前庙来坐坐吧！"

"二仙，还是请你来我后庙下盘棋吧！"

"三仙，你们上庙有什么好书送给我看看？"

"要看你就亲自来一趟吧！"

……

听到这些声音，有的人惧怕，有的人好奇。白天，他们到南崖宫一看，楼顶上不知什么时候，不知是什么人给挂了一个金钟。钟是金的，挂着的链子也是金的，在太阳光的照耀下，放出一道道光芒，把整个村子都染成了金色。再到前庙看看，原来的神像少了一个，却多了上庙的两个神像。跑到上庙去看看，少的两个神像恰是前庙多的那两个，多的一个神像正是前庙少的那一个。到后庙去看看，神像满满一殿堂，一数多了五六个。赶快跑到庙前去看看，神像一个也不见了，殿堂空荡荡的，不由得使人脑瓜皮紧起来。人们看了，哪个也不敢说，可心总是扑腾扑腾地狂跳着，暗自嘀咕：真是神仙有灵，泥胎像都长腿串门了。

大庙外景

　　自那以后，这些现象经常发生，接连不断。不是这个庙的神像跑到了那个庙里，就是几个庙的神像聚到了一起。人们心惊胆战，不知是凶是吉。

　　过了一段时间，村里突然来了一群讨饭的乞丐。有的是一双瞎眼，有的白眉毛竟有半尺长，有的胡子拖在地上，有的头上顶着流脓的烂疮，有的一脸蓖麻粒大的老黑疤，有的两道老稠鼻涕流到嘴唇上，有的背驼得像背着个大锅，有的腰弯得像把软木弓，有的反穿着衣服，有的袒胸露臂披着布片片。总之，一个个蓬头垢面，一看就使人恶心得想吐。这些乞丐，白天在村里绕来绕去要饭。夜幕降临后，不知钻到了哪里，没了踪影。但是，一到晚间，忽然听到好几座庙宇和南崖宫里不断传出"叽叽喳喳"的说话声，很是热闹。村里几个胆大的人就偷偷去观望，在庙门口往里一看，庙里所有的泥胎塑像全变成了能走动会说话的活人，正和白天那群乞丐打成一片，十分热闹。有的说长道短，有的专心下棋，有的认真看书，有的对饮佳酿，有的论天下大事，有的谈如何给人间驱灾除难……

第二天，那群乞丐又前前后后相跟着在村里东游西窜，人前讨饭。村人再去庙里一看，塑像还是塑像，只是变动了位置，殿屋里扯满了横南顺北的蜘蛛网。一连数日，都是这样。人心惶惶，心惊胆战。一到傍晚，村里家家户户就关了门，吹了灯，不管那些庙里如何喧哗，谁也不敢再出门去看了。

后庙里长着一棵高大的石松，树干粗得两人合抱不住，树冠盖住了整个庙宇。石根、石杆、石枝、石叶，全部是石头生成的。石松下的一间小屋里住着一位连看庙带教书的白先生，庙里神仙的一切活动，他听得最清楚，看得最明白：每晚庙里的神仙和这群乞丐对话的中心内容，就是要给老百姓除害治病。

白先生百思不解，一直在细心地观察。

有一天，半夜之后，白先生躺下正要入睡，忽然听到不知哪座庙里有人大声呼叫："明天过仙啦！你们都该起身走啦！"另一人问道："群仙从哪儿走，你知道吗？"

过仙，就是神仙要从这里路过，这可不是小事。在这个世上，有哪个凡人亲眼见过神仙？该让他们起身的肯定就是指那些在庙里休息的乞丐。白先生立即起身，透过窗口小空向外望去。可是，什么也看不见，只能听见说话声。只听西殿里有人应声说："都从松树岭过啦！"

堂殿里的一个乞丐说："我一双瞎眼，该怎么走呀！"

东殿里传出了洪亮的声音："你把殿里的蜘蛛网扫干净就行啦！"

堂殿的乞丐摸着一个大扫帚，扫了一阵后惊叫了一声："我的眼能看见啦，明儿可跟着群仙远走啦！"

此后，再没了声音。但是，白先生却再也睡不着了。第二天一大早，他就起来，庙里一切依旧。白先生依然没有轻易放下此事，抽身出了庙门，把这事悄悄地告诉了村里人。一传十，十传百，很快传遍了全村。人们都想看个明白，大大小小纷纷到松树岭上等待。

太阳快出来时，一大群讨饭的乞丐云集松树岭，有高的、有低的，有男的、有女的，有胖的、有瘦的，有白的、有黑的，有俊的、有丑的，至少百把人，不知从哪儿一起来到这里，挤挤挨挨，走得很慢。眼尖的人一下就看出，这群乞丐的手里都拿着一根又细又长的木头棍子。

村里一个害了浑身疥疮疙瘩的病人走上前去，恭恭敬敬地跪下来说："你们都是神仙，请给我看看病吧。这一身疥疮害了七八年了，一

松树岭

凤凰游仙

直流脓滴血，好不了。"

　　一位乞丐在他身上抓了一把，说："你想叫病好，不难，你把这个吃了，病马上就会好得干净利索。"

　　这个病人开始鼓足勇气要吃下去，可是一看，恶心得"啊啊啊"要吐。但是，又想治好自己的病。他用一根指头搅来搅去，怎么也塞

石头松树

不进自己嘴里。

正在向前走的那个白胡子乞丐等不得他吃下去，回头看了一眼，那坨屎像长了腿似的不见了。病人正在惊奇，忽然发现自己那根搅屎的指头，刹那间变成了金指头。他无意中伸起金指头在自己头上一摸，头上的烂疮马上不见了。在身上摸，厚厚的疮疙疤即刻脱落下来。在两腿上一摸，腿上的脓血疙泡当下就钻回了皮里。再在两只脚上画了几下，脚上的溃烂血肉眨眼不知道到哪里去了。他高兴地狂叫起来："真是神仙一把抓呀，害了七八年的病，一下子全好啦！"

村人看到这个奇迹，都忙往他身边挤。不管是害什么病的，只要他的金指头一触，当场就好了。真是手到病除，灵验无比。

人们只顾忙着让他的金指头给治病，抬头一看，一大群乞丐都骑着木头棍子越过山沟，飞到了另一座山头上。这时人们才恍然大悟——这群乞丐都是下凡的神仙装扮的。

村里一个年轻人赶着三头老犍牛到松树岭后面的山上放牛，忽然又见那群乞丐叽叽喳喳不知从哪儿跑来了，大部分躺在山坡上晒太阳，唯有两个白胡子拖地的老人钻进了崖龛下面的山洞里。他好奇地随着跟进去，想看看他们要干什么。一进洞，里面明光闪亮，洞中间有一个水晶石的棋盘，摆着黑白两种颜色的玉石棋子，两人往棋盘边一坐，就车来马去地走起来。他悄悄地站在旁边看得出神，一直看到这盘棋下完，在洞中已经度过了整整七天。临走时，两位老人拉着他的手说："王子来求仙，丹成入九天。洞中方七日，世上几千年。"

这个年轻人摇摇头："你们这些讨吃要饭的，怎么都来我们村东游西窜了好些日子？"

白胡子老人说："群仙天上来，凤凰走来回。仙游神圣地，游仙到此来。"

当两位白胡子老人走后，年轻人想把水晶棋盘和玉石棋子拿回去。可手一伸，水晶棋盘不见了，棋子也像长了翅膀飞出洞去。一忽闪，洞中变得黑咕隆咚，什么也看不见了。他慢慢扶着洞壁爬起来，慢慢出了山洞一看，那群乞丐都骑着木头棍，翻山越岭远走高飞了……

乞丐神仙走就走了，无所谓，自己的牛不能走呀。年轻人赶快去找牛，那几头活生生的老牛不见了。寻找回家的路，寻不见了。四下看看山，山变了，不再是原来的样子，到处都是几个人抱不住的参天大树。他钻过树林爬到松树岭，看见了村子。一进村，房子、院子、道路全和以前不一样了。只有上庙、下庙，前庙、后庙，大庙、小庙，好像历经风雨飘摇，破烂不堪，但还可以辨认出来，唯独那棵高大的石松依然挺拔屹立在后庙的中央。

后庙阁

"没错，没错，这就是我的村庄。"

他走了一圈又一圈，人来人往没有一个认得出来。寻找了大半天，才见到自己门外那棵大槐树的木桩子："没错，没错，这就是我的院子。"他走进去，一大家人谁也不认识他，他也认不得一个。他流着泪说："这就是我的家，我的儿子叫什么名字，我的堂屋夹墙里还有记下的家谱。"

这家人感到很诧异："真的，咱老祖上修建新房拆旧房时拿出过一个家谱，接着一代一代地记了下来。"他颤抖着一翻，惊讶地说："好厉害呀，我只在山洞里看着神仙下了一盘棋，如今家中最年长的白胡子老头已经是我的第十一代孙子啦！"

村里的人都来看稀奇，他还是那样年轻，浓眉大眼，粗胳膊壮腿，只是身上穿的衣服已经历了几个朝代了。他给村人讲了群仙天上来，凤凰走来回，仙游神圣地，游仙到此来的全部经历，人们高兴地欢叫起来："游仙的事已经流传了不知多少代了，如今却回来了一个亲眼看见游仙的见证人……"

　　从此，凤凰村人就将"凤凰村"改为"游仙村"，并将群仙游凤凰村的离奇怪事刻在石碑上，立于后庙中。至今，游仙村大庙里有块石碑，上面依然记着诗句：王子去求仙，丹成入九天。洞中方七日，世上几千年。那棵石头松树不知经历了几千年，依然健在，现存阳城县博物馆。

罗汉除妖

——横河镇析城山边盘亭河岸十八罗汉山的神话

析城山有盘古开天地之昆仑丘，是伏羲故里、伏羲王都，有伏羲墓地、黄帝和炎帝的墓地，吸引了天上地下各路神仙，都想把这块神秘仙境据为己有，争夺之战常有，硝烟不断。两军交战，必有胜负。胜者为王，败者为寇。远古时期，黄帝与蚩尤"阪泉之战"后，蚩尤南逃，被黄帝追杀到今天的析城山下山西阳城西南的横河镇羊圈河一带，又进行了一场大战。最终，蚩尤逃到河东（今运城一带），被黄帝部落杀于盐池。其后，好长时间，争夺析城山之战依然不断……

后来，不知什么时候，一位不知姓名的天魔横空出世，开始争夺析城山仙境。天魔不知出身何处，上通天，下连地，魔法强，神通广大，无人能敌。打败对手后，占领了仙境析城山。但此天魔不讲仁义道德，放纵手下妖魔鬼怪，下山到附近一带的村庄里杀人、放火、抢财物，无恶不作。百姓无以生存，仙境上下

神话阳城 | *shenhua yangcheng* —

十八罗汉山

哭声不断，白骨累累，生民涂炭，一片凄凉。

一日，南海观世音菩萨路过析城仙境，目睹此情，不禁潸然泪下。她想拯救生民，却不能降服这个无名天魔。于是，她赶赴西天，向佛祖求救。

佛祖闻奏，缓缓开言道："天地万物，须积善念，撰善言，着善书，尽善尽美；行善举，办善事，做善人，有始有终！行善之人心充实，作恶之人心恐惧；积德行善无灾祸，作恶多端无幸福。此魔作恶，必遭天诛。"

观音菩萨道："自天地创生以来，昆仑丘争夺不停，战火不断，生民受累，苦不堪言。此魔被除，后魔如何？"

佛祖笑曰："命十八罗汉下界除魔，永世镇守。"

闻佛祖真言，观音菩萨虽然心中欢喜，又有疑虑："十八罗汉均为佛祖亲传弟子，如此下界，是否……"

红沙岭

羊圈凹村

　　佛祖曰："十八罗汉均是断除一切烦恼，超脱三界轮回，受天上人间供养的出家修行者，必须世间永存、护持正法。"

　　十八罗汉闻言，拱手参拜："我等听从佛祖，下界护持正法，永不言悔。"

　　观音带领十八罗汉脚踏祥云，下界来到析城山上。无名天魔一见，毫不惊魂，他带领手下已经和各类天神鬼怪斗过，不管输赢，根本不怕，更别说什么十八罗汉了。天魔当即带领手下妖魔开始与十八罗汉打斗，电闪雷鸣，山崩地裂，狂风乌云，鬼哭狼嚎……不论以前多么强大，现在根本不敌，实力瞬间下降。眼看就要土崩瓦解，一扫而光，此前已经闻名天地的无名天魔不能就这样束手就擒，想抽身而去，苟全性命，以图东山再起。静心观战的观音冷笑一声，将手中的玉净瓶轻轻一抛，砸在无名天魔头上。他"啊"地大叫一声，重重跌倒在地，两位罗汉上前，就地擒拿……

　　树倒猢狲散。其他妖魔一看自己的大王被擒，自己想跑也跑不了，无处跑，只好下跪缴械投降。

　　硝烟散尽，高天流云，析城山上终于恢复了应有的宁静，池水荡漾，草木繁茂，炊烟袅袅，和乐声声。飞鸟枝头吟唱，百兽各自归行，百姓下跪感谢，天下从此太平……观音菩萨押解那些被擒拿的妖魔，送他们到接受处罚的地方。十八罗汉望着身后高大巍峨的人间仙境析城山，知道他们从此要永远完成人间使命，在析城山边

小尖山

鸡头山

一排站好，眨眼间化作山峰，诸峰连绵起伏，山峦重叠，林木苍翠，环嶂青苍，峭拔凌空，如削如塑，胜境优雅，酷似十八罗汉，故得名十八罗汉峰。其北，小尖山似箭头插天；其西，鸡头山如雄鸡昂首；其南，烧犁铺瀑布白练长悬；其东北，铁盆嶂滴水连珠成串。这十八座山峰高高耸立，巍峨险峻，气势雄浑，正如后人一首诗中赞道：

> 盘亭葱郁气佳哉，嶂列居然雁字排。
>
> 如坐如行如问答，像僧像佛像婴孩。
>
> 瀛洲学士差堪拟，海岛群仙莫漫猜。
>
> 正值深山新雨后，萝衣一一绣毒苔。
>
> 名山何处访奇踪？嶂列盘亭积翠重。
>
> 计数恰同罗汉果，望形都似老人嶂。

罗汉除妖

铁盆嶂

佛头青倩岚光染，仙掌明承露气浓。

独笑此间称谓拙，竟将猪乳似芙蓉。

盘亭河水碧溶溶，西望晴岚列嶂重。

绛色浑如褚石梁，苍头葱葱绿苔封。

行排十八同罗汉，势矗千寻类古松。

龟凤争院

——阳城县东冶镇月院村神话境地

乡愁，不只是人类特有的情感，它寄存于世界万物心中。

月院，就是嫦娥写在大地上的美丽乡愁，造就了一个人间特有的神话境地。

富有诗意的月院村大院庄，隐藏在阳城县东冶镇东南的层层大山之中。它的周边被百丈悬崖相围，远远望去，如同一轮巨大的月亮，周长2000余米，高百余米。上下绿树环绕，中间绝壁耸峙，丹崖映日，碧峦屏列，紫烟萦翠，别有洞天。在它博大的怀抱里，奇山分布，秀水环绕，梯田层层，村庄静谧，如同一个世外桃源。

这里是上古神话境地。当年，嫦娥被逢蒙所逼，无奈之下，吃下了西王母赐给丈夫后羿的一粒不死之药后，飞上月亮，成为仙女，居住在广寒宫。月亮之上是仙界，人却少得出奇。久居在上，虽然有玉兔、吴刚和

桂树相伴，但孤独无比。作为一个人，虽然化身为仙，却乡愁不断，悠远绵长。嫦娥思乡情切，但不能回归。无奈之下，有一天随手将一面每日陪伴自己梳妆的小圆形镜子抛向自己的家乡，就算一封特有的家书，想让曾经深爱自己的丈夫后羿接到，不仅能自我认错，还能远远寄上自己的相思，让丈夫看到自己的模样。

虽然是力大无比的射箭英雄，在人间的后羿却心无灵犀不能通，更不知此事。这块小小的神镜就在太行、中条两山相交的今阳城县东冶镇境内落下，化作一块圆形境地，四周大山环绕，边有流水潺潺，草木丰茂，土地肥沃，成为一块天降仙境。

　　大山深处空降仙境，首先吸引了三只已经修炼千年却未成仙的乌龟

三龟斗凤全景

和一只凤凰。它们清楚，谁能得到这块仙境接着进行修炼，一定能够修成正果。但是，他们也知道，真正的仙境不是容易占有的。当三只乌龟来到这块仙境之地准备抢先占有时，那只凤凰也同时来到。自然，三龟一凤开始了不可避免的激烈争斗。它们各显神通，发挥威力，直打得风起云涌，大雨倾盆，地动山摇，飞沙走石，人神不安……

这场史无前例的激烈打斗，如同当年孙悟空得到"定海神针"金箍棒后，为展示其威力任其长高变粗，直逼天庭，惊动了玉皇大帝。受到惊扰的玉皇大帝得知实情，顿时大怒。嫦娥已是月宫仙女，玉皇大帝早已认同。她思乡抛镜，除了她自己所拥有的特有的乡情，现在等于是给下界送去了仙境，并无恶意。而这三龟和一凤只不过是为了让自己早日成仙，争夺这块人间特有的修炼仙境。不但扰乱了平稳的人间，而且惊动了天庭。于是，玉帝立即传旨，命北方黑帝下界收服。

北方黑帝来到月院，喝令龟凤停止争斗，挥剑划渠，引地河之水赐予乌龟，剑劈"天沟"（月院村大院自然庄西）之"水掌沟"，引清泉而

龟山之相

赐予神凤。龟凤不服，黑帝在时，唯喏听令；黑帝不在，互相争斗，意欲赶跑对方。黑帝回身一剑，在月亮湾的西崖壁上砍开一条大缝，作为监视凤凰和乌龟的"天窗"。而自己的神剑也"咣啷"一声断为两截，被山石折断顶出去的剑尖飞出正东"神凤"身后，深深地插入地下，化作一座孤峰。从此以后，凤凰和三只乌龟就化身石山，隔河对峙，形成了今天特有的景观：月亮湾里地势低平，唯独正中一孤峦崛起，周长约千米，前小后大，形状如龟，匍向前，头颈直伸至村前河岸，似欲饮水，似欲争斗，虎视眈眈，不怒自威，两边各有一座比之较小的小山，形体相似。这就是"三龟山"。河之对

凤凰山（当地俗称：凰岭山）

岸，与之相对峙的是一座高达百余米的小山，尖峰高耸，如凤头高昂。两侧延伸，呈对称斜坡之状，似凤凰展开双翅，冲锋向前。这就是"凤凰山"。远远望去，如同三只乌龟与凤凰对视相斗，但再不能舞刀动枪了。

那座神剑之尖化成的小山，上窄下宽，直刺苍天。特别是被神剑刺开的"天窗"，呈椭圆形，高10余米，宽约5米，洞下有百平方米之龛可供避雨，透亮如镜，当地人称"窟窿山"，雅称"天镜山"。天晴之日，每当下午五时左右，太阳西行，光照透过这个巨大的孔射过来，形成一道巨大的光柱，开阔豁亮。再加上崖下的梯田绿树，构成一幅世间罕见的天然图画，可与湖北那闻名天下的天门洞媲美。有词赞曰："水回山合，画屏垂天阙。碧树峰头白云歇。壑深幽静，林淙花明。鸟争说，风景这边奇绝。隔河龟凤斗，黑帝分流，试剑锋宽阔。更地涌清波，刃劈天沟，双龙洞，太多泉甘澈。神掌谷，妙汇筝。凤尾瀑，潭如镜，龙吟雪。"

月院的美丽，不只诱惑了"龟凤"相斗，而且吸引了许多"动物"来此安家。在大院村东南河道大转弯处，就有一座"蜗牛山"。峰高近百米，首尾分别向南、北呈陡坡状延伸，山腰处岩层成螺状，颈项伸长

30余米，头部隆起。其上，高树如蜗角，形象逼真。与之隔河相望的"象头岩"形似大象头，鼻梁如柱，双目凝视，炯炯有神，呼之欲出。距此不远的龙王掌岩龛上，一块酷似龙头的巨石悬垂于石龛顶部。阴雨天，有细流自龙口涓涓而出，人称"龙涎"。相传，接饮益寿延年。

月院村前坡有一巨大乌龟化石，长4米，高约2米，卧于路后，头朝向前。其东南，东河汕岩头有一孤石耸立于峭壁之巅，似猫头鹰凝神俯视，寻觅猎物。月院主村所在的大山就似一座"龙山"，村庄稳居"龙背"之上，汤帝大庙坐落"龙嘴"，寨岭、西头坡俨然"龙爪"。特别是月院村东的寨岭险道，长20余米，平均宽度约1米。两旁绝壁深渊，居高临下，如悬半空。河似玉带，村庄如盒，胆小者望之却步，胆大者心有余悸。

除却动物造型，月院村里广布其他奇石和石壁，造型有趣，别具匠心。位于大院庄（月院村的一个自然庄）东南峡谷中的山顶为一平台，一块天然巨石置于其上，下由三块小石鼎足支撑。周边悬空，如同香炉，故名"香炉石"。其下河谷南岸，一长约16米、宽约4米、高约6米的巨石横卧半坡，形同棺材，为月院村的镇村之宝。峡谷悬崖之上，有一巨

乌龟石

大"石人"，面部五官清晰，双目微闭，似在面壁，人称"面壁崖"。而在大院村天沟西峡，百丈悬崖环抱，形成一个巨大石瓮，下视地面平整如麦场，仰首崖顶蓝天如"瓮口"般大小，人则若井底之蛙，仿佛"坐井观天"之真实写照，又称"小天底"。其崖壁西侧，距地面数十米，而豁口如门，宽约2米，一到雨季，水西来，飞流直下，瀑喧雷震，叹为观止。由此向西一里，沟深狭窄，危崖夹寺，仰观蓝天，只有一线，得名"一线天"……

嫦娥抛镜，龟凤相斗，百兽慕名前来安家，月院之地，移步即景。其景之美，非笔可描。正如诗人赵专正《登大月院洞天》所描绘：

蜗牛山

窟窿山

香炉石

身停云端峰似澜，恍如鸾鹤俯昆山。

银河九曲萦蓬岛，紫阁三庄列洞天。

瑶圃琼花王母苑，芝崖玉瀑帝妃帘。

姮仙蟾免伤心最，彼月常无此月圆。

《神话阳城》有长吟

阳城古称濩泽，地处三晋东南端，为太行、太岳、中条、王屋四山相交腹地，处于华夏古文明、黄河文明、农耕文明的重要发祥地，自古以来就是中华各民族风云际会之地，远古神话故事众多，均产生于此。尧、舜、禹、汤、周穆王等古代圣君曾亲临县境，留下了许多动人故事和神话传说，成为三晋大地别具特色的文化大县，是"中国神话传说故事之乡"。

历史悠久，文化丰厚。阳城县历史悠久。早在旧石器时期，中华民族的祖先就在这里繁衍生息。原始初民时代的有巢氏、燧人氏，氏族联盟时代的伏羲氏、女娲氏等都在这里留有踪迹。后来王族分封时代的虞舜、夏禹、商汤、周穆王等圣君贤王也都在这片土地上留下深深的印记。这里是中国远古、上古神话的产生地，民间故事传说俯拾皆是，孕育和传承着黄河中游的古代文明，《尚书》《左传》《山海经》《史记》等许多古代典籍均有记载，境内更有旧石器文化和新石器文化六大遗址，丰富了中华历史长廊。

奇山秀水，造就神话。阳城境内山峦起伏，奇峰叠嶂，沟壑纵横，河流交织。太行山西支伸入县境南部，中条山东支伸入县境西南部，太岳山从北向南延伸县境中南部。特别是县境南部的析城山，东倚太行，西眺历山，北枕太岳，南俯中原，山势峻拔，四壁陡峭，主峰海拔1889.5米，又称"圣王坪"。四周高，中间低，"形似偃盆"，为亚高山草甸，广约10平方千米，为省级地质公园。地下溶洞暗河交织，地表天坑漏斗密布。四周峭壁如垣，有四门五口与外界相通，俨然天然山城，是古人类生存之地，遗迹遍布。其地形地貌与古代典籍记载的昆仑丘高度吻合，中国农耕文明的发祥地，最早天文观象台"六峜"遗迹依然存在，远古文化遗存俯拾皆是，是中华远古神话传说的核心区域。

研发探寻，魅力无穷。进入21世纪的十多年来，一批海内外专家学者通过反复对照典籍，实地考察，并采用卫星遥感技术和古冰川测年、古海岸线测年、古天象反演测年、古文献反推测年等技术研究，认为析城山就是远古昆仑丘。昆仑丘是中华文明曙光升起的地方，昆仑丘文化是中华民族文化的本源。通过严谨的学术研究以及多年的实地考察，得出共同的结论：山西省阳城县析城山就是伏羲帝都昆仑丘，是我国创世神话故事的起源地与富集区。

阳城县委、县政府高度重视本地特有神话文化的开发利用，站在高起点，要求高水准，打造高品位的阳城神话地，进行规划性建设，依托特有而丰厚的神话故事文化资源，不断发展壮大全县旅游产业，让其无声融入经济发展的历史洪流。为此，成立了县神话文学学会，启动了"中国神话传说故事之乡"文化工程。经过努力，《神话阳城》一书正式出版，讲述了24个在阳城本土发生的神话故事。通过此书，立体全景式展示阳城的悠久历史、神话故事、奇山秀水、风土人情，助推阳城文旅事业深度融合，促进阳城经济社会高质量发展！

阳城县神话文学学会

2024年7月10日

图书在版编目（ＣＩＰ）数据

神话阳城 / 刘爱萍主编 . -- 太原：山西人民出版
社，2025. 1. -- ISBN 978-7-203-13663-7

Ⅰ . I277.5

中国国家版本馆 CIP 数据核字第 20243JZ524 号

神话阳城

主　　编：刘爱萍
责任编辑：魏美荣
复　　审：傅晓红
终　　审：贺　权
装帧设计：山西新浪印业创意设计中心

出 版 者：山西出版传媒集团·山西人民出版社
地　　址：太原市建设南路21号
邮　　编：030012
发行营销：0351‐4922220　4955996　4956039　4922127（传真）
天猫官网：https://sxrmcbs.tmall.com　　　电话：0351‐4922159
E‐mail：sxskcb@163.com 发行部
　　　　　sxskcb@126.com 总编室
网　　址：www.sxskcb.com

经 销 者：山西出版传媒集团·山西人民出版社
承 印 厂：山西新浪印业有限公司

开　　本：787mm×1092mm　　1/16
印　　张：11.25
字　　数：170千字
版　　次：2025年1月　第1版
印　　次：2025年1月　第1次印刷
书　　号：ISBN 978-7-203-13663-7
定　　价：78.00元